KEITAI
SHOUSETSU
BUNKO
野いちご　SINCE 2009

魔王子さま、ご執心！①
～捨てられ少女は、極上の男に溺愛される～

＊あいら＊

JN019320

⬤STARTS
スターツ出版株式会社

イラスト／朝香のりこ

あるところに、それはそれは美しい少女がいました。

誰よりも聡明で優しく、心も綺麗な少女でしたが
周囲には「悪女」として嫌われていました。

「お前との婚約を破棄（はき）する」

唯一（ゆいいつ）の希望だった婚約者からも捨てられた彼女に、
愛の手を差し伸べたのは――。

「もう何も恐れる必要はない。お前は俺が守る」

――陥落（かんらく）不可と言われていたはずの、
世界最強の男。

「なんでも俺に言えばいい。
お前の願いなら、俺が全（すべ）て叶（かな）えてやる」

「お前は四六時中可愛いな……
俺の心臓が持ちそうにない」

愛を知らない少女に、極上の寵愛（ちょうあい）を。

【甘すぎる愛に溺（おぼ）れる、寵愛シンデレラストーリー】

魔王子さま、ご執心！

～捨てられ少女は、極上の男に溺愛される～ ①

登場人物

ラフ

夜明の使い魔。人懐っこい性格でおしゃべり。

登場人物

黒闇神 夜明（くろやがみ よあけ）

ノワール学級2年

属性：悪魔族。ノワール学級トップの生徒で、現魔王（首相）の息子。全校生徒の中で一番力を持っており、能力、頭脳共に魔族の中でも最強クラス。極度の女性嫌いだったけれど、心の美しい鈴蘭に惚れて…？

双葉 鈴蘭（ふたば すずらん）

ブラン学級1年

心優しく、慈愛に満ちた美しい少女。理不尽な理由で、双子の妹と母親から虐げられる日々を送っている。動物と甘いものが大好き。学園では静かに大人しく過ごそうとしていたけれど…。

聖（せい）リシェス学園

在校生の半分以上が、魔族で形成されている学園。魔族と、推薦をもらった人間しか入学することが許されていない。魔族の相手にふさわしいと国が判断し、選ばれた人間だけが特待生として入学する。魔族は昼行性の種族が『ブラン学級』、夜行性の種族が『ノワール学級』と分けられている。そのため、ブラン学級とノワール学級は気軽に行き来できるものではなく、関わりが薄い。

あらすじ

心優しき少女・鈴蘭は、双子の妹と母に虐げられる日々を送っていたが、ある日、運命的な出会いをする。その相手は、学園内の誰もが憧れひれ伏す次期魔王候補・黒闇神夜明だった——。鈴蘭は彼の正体を知らないまま、心を開いていくけれど…？ 不幸な美少女・鈴蘭の運命は、気高き魔王さまによって大きく変わっていく…！

ブラン学級2年

白神ルイス
<ruby>白神<rt>しろがみ</rt></ruby>

属性：妖精族。ブラン学級のトップで、先代の魔王（首相）の孫。悪魔から政権を取り戻すため、女神の生まれ変わりを探している。鈴蘭に一目惚れし、婚約を迫り…？

ブラン学級1年

双葉 星蘭
<ruby>双葉 星蘭<rt>ふたば せいらん</rt></ruby>

鈴蘭の妹。自分より美しく頭のいい鈴蘭を嫌っていて、陥れることに必死。表向きは品行方正で可憐な美少女を演じている。惚れっぽい性格。

ノワール学級2年

司空 竜牙
<ruby>司空 竜牙<rt>しくう りゅうが</rt></ruby>

属性：竜族。夜明の側近。やる気のない夜明にいつも振り回されている。紳士的で優しく常に笑顔だけど、怒らせると怖い。

ノワール学級1年

冷然 雪兎
<ruby>冷然 雪兎<rt>れいぜん ゆきと</rt></ruby>

属性：雪男族。雪男にも関わらず寒さに耐性がなく、一族では出来損ない扱い。長い前髪で目を隠している。女嫌いで、生意気な性格。

ノワール学級2年

獅堂 百虎
<ruby>獅堂 百虎<rt>しどう びゃっこ</rt></ruby>

属性：虎族。女の子が大好きなチャラモテ男子だけど、誰にも本気にならない。いつもおちゃらけた感じだが、じつは一番本心が読めない。

プロローグ

　あるところに、それはそれは美しい少女がいました。

　誰よりも聡明で優しく、心も綺麗な少女でしたが、双子の妹の陰謀により、周囲から「悪女」と呼ばれていました。

　家族から嫌われ、居場所もなかった彼女でしたが、ある日そんな彼女に婚約を申し込む青年が現れました。

　喜んだ彼女でしたが、その相手も妹に奪われてしまいました。

　心に深い傷を負った彼女に、手を差し伸べたのは——。

「お前を不幸にするもの全て、俺が排除する」

　エリートが集う学園の、頂点に立つ男。
　正真正銘の——王子様でした。

「俺がお前を、誰よりも幸せにする」

　悪女？　いいえ、彼女はシンデレラ。

「愛してる……世界一可愛い俺の鈴蘭」

　これは傷だらけのシンデレラが、最大級の愛を手に入れるお話——。

【Ⅰ】運命の出会い

いらない子

「何よこれ！　ガラスが曇ってるじゃない!!」

　お母さんの大きな声と、グラスが割れる音がリビングに響いた。

　私はその場に座り込んで、深く頭を下げた。

「ごめんなさい、お母さん……」

「この子は洗い物ひとつできないのかしら……情けないわ」

　お母さんは呆れながら、ため息をついている。

　割れてしまったガラスの破片を見ながら、胸が痛んだ。

　綺麗なグラスだったのに……私がきちんと洗わなかったせいで……。

「お母さん、大丈夫？　お母さんの手が切れたら危ないから、片付けはお姉ちゃんにさせよう」

　妹の星蘭が、お母さんに寄り添いその手を握った。

　星蘭のその言葉でお母さんの機嫌がみるみるうちに直っていく。

「星蘭は鈴蘭と違っていい子ね。自慢の娘よ」

　そう言って、お母さんは再び私に視線を向けた。

　星蘭に向ける慈しむような眼差しとは対照的な……嫌悪に満ちた瞳で。

「どうして双子なのに、ここまで違うのかしら……」

　自分が情けなくて、俯いたまま下唇を噛んだ。

　本当に、お母さんの言う通り……。

　私は、4人家族の長女。と言っても双子だから、長女次女という区別はあまりない。

　二卵性だから、星蘭とは容姿も似ていない。

　お母さん似の星蘭と違って、私はお父さん似だから。

　そして……私の実のお父さんは、今この家にはいない。

　私たちが物心つく前に、離婚して家を出ていってしまったから。

　そして、小学校に上がる頃に、新しい今のお父さんが現れた。

　私はちらりと、ソファに座っているお父さんのほうに目を向ける。

　静かに新聞を読んでいるお父さんは、きっと私の存在なんて気にしていない。

　前のお父さんに似ている私を、新しいお父さんはよく思っていないから。

　お母さんも私の顔を見るたびに、前のお父さんを思い出して嫌になるといつも言っていた。

　私は……この家にとって、邪魔なだけでいらない存在。

　だから、家事をしたり、お母さんのお手伝いをしたり、私なりに頑張っているつもりだった。

　ここから追い出されたら、私には行く当てがない。

　いつ追い出されるかビクビクしながら、毎日を過ごしていた。

　高校を卒業するまでは、なんとかしてこの家にいさせてもらわなきゃ。

「ほら、早く片付けなさいよお姉ちゃん」

　星蘭が、目を細めながら私を見下ろしている。

「う、うん……！」

　慌てて、割れた破片を拾っていく。

　あ……。

　鋭く尖ったガラスの破片を拾った瞬間、痛みが走った。人差し指から、真っ赤な血が流れている。

　少し痛むけど、私は怪我が治るのは早いほうだから平気。

　昔から、小さな切り傷程度なら１日もしないうちに傷口がふさがっていた。

　この程度なら……慣れっこだ。

　ハンカチで血を拭き取り、ふたたび片付けに戻る。

「星蘭、明日の入学式の準備は整ってる？」

　突然のお母さんの言葉にびくりと肩が跳ねあがりそうになった。

「もちろん！」

　そうだ……もう明日からだった……。

　私と星蘭は、明日から高校１年生になる。

　私は本当は星蘭と違う高校を受験予定だったけど……急遽、同じ高校に行くことに決まった。とある学園から、推薦がきたから。

「まさか、あの "聖リシェス学園" から推薦がもらえるなんて……今でも夢みたい！」

　嬉しそうに、飛び跳ねている星蘭。

　聖リシェス学園。星蘭と私が明日から通う高校。

　正直、この学園については謎が多すぎる。

　わかっているのは、成績優秀な生徒が集まる、偏差値の高いエリート高校ということと、特別な推薦をもらった生徒しか入学できないということ。

　それも推薦枠は応募制ではなく、完全に指名制という異例の取り方をしている。

　詳しい選定の方法はわからないけれど……今年度も、推薦枠が決定した。

　その中に、星蘭と……私も入っていたんだ。

「星蘭は選ばれて当然よ……！」

　お母さんが、得意満面に言い放っている。

「あなたが選ばれたのは、星蘭のついででしょうけど」

　蔑むようなお母さんの視線に、目を伏せることしかできなかった。

　本当に、どうして私が選ばれてしまったんだろう……。

　聖リシェス学園に入学するのは、とても名誉のあることだと言われている。

　だけど私にとっては、喜ばしいことではなかった。

　どうしても高校だけは、星蘭と別の学校に行きたかったから。

　星蘭が嫌いだというわけじゃない。妹だから、星蘭のことは可愛いと思うけど……。"自由"に、学校生活を送ってみたかった。

　それに、高校生になったらアルバイトをして自立して、家を出るつもりだったけど……聖リシェス学園はバイトも

禁止だ。

　中学時代、ずっと思い描いていた私の高校生活は……推薦決定の知らせとともに夢で終わった。

「そうそう、お姉ちゃんはあたしの双子の姉妹だから選んでもらえたんだと思うわ」

　星蘭の言う通り、私はついでに違いない。

「学校でどう振る舞うか、わかってる？　あんたはあたしの"引き立て役"なんだから」

　星蘭の言葉に、びくりと肩が跳ねた。

「うん、わかってるよ」

　推薦をもらって、星蘭と同じ高校に入るのが決まった時点で……覚悟はできてる。

　私も……入学の支度（したく）はほとんど整っているけど、片付けが終わったら最後にもう一度確認しなきゃ。

　そう思った時、あることを思い出した。

　ガラスの破片を片付け終わってから、私は恐る恐るお父さんに近づく。

「あの、お父さん……」

「……」

「あ、あの……」

「……」

　眉間（みけん）にシワを寄せたから、きっと私の声は聞こえてはいるはず。

　そう判断して、言葉を続けた。

「筆箱がボロボロで、新しいものを買ってもらえません

か……？」

　今の筆箱は、小学生の頃から使っているもの。ついにチャックが壊れてしまって、布も破れてしまったんだ。

　今まで壊れても、なんとか縫い合わせたり、工夫して使っていたけど、いつもカバンの中に中身が散乱してしまって、もうこれ以上は使うのもかわいそうなくらいボロボロだった。

　私はお小遣いをもらっていないから、必要な時はお父さんにお願いするしかない。

「使えるなら問題ないでしょう？　ねだるなんて、強欲な子……」

　お母さんが、私を軽蔑の眼差しで見ていた。

　お父さんは、新聞を見たまま微動だにしない。

「……」

　何も言えないまま、視線を下げる。

「お姉ちゃん、いつもみたいにあたしのお下がりをあげるから、使っていいわよ」

　えっ……。

　顔を上げて星蘭を見ると、星蘭は自分のカバンから取り出した筆箱を私のほうに投げた。

「あっ……ありがとうっ」

　よかった……。

　きっと買ってもらえないだろうから、どうしようかと思ってたんだ。

　自分で作るにも、材料がないし……。

「何喜んでるのよ、気持ち悪い。こんな汚れた筆箱をもらって喜ぶなんて、おかしいんじゃない？」

　星蘭がくれた筆箱は、確かに汚れているけど洗えば綺麗になりそう。

　それに、私の筆箱よりもずっと新しいものだから……長く使えるはずだ。

　リボンもついていて、私にはとても可愛い筆箱に思えた。

「ねえパパ！　あたしに新しい筆箱買って！」

「ああ、これから買い物に行こうか」

「お母さんも行こうかしら！　入学前に、お父さんに必要なもの全部買ってもらいなさい」

　その会話を聞いて、内心ほっとする。

　お父さんとお母さん、星蘭が買い物に行くなら……私は家でひとりになれる。

　家に置いてもらっている立場でこんなことを思うのは失礼だけど、ひとりは気が楽だから好き……。

　私は星蘭にもらった筆箱を持って、一旦部屋に戻った。

　使い古した筆箱の中身を、新しい筆箱に移す。

　学校でもらったシャーペンや、星蘭がいらなくなってくれたペン、そろそろ持てなくなりそうな短さの鉛筆。

　中身が全てなくなると、当たり前だけどとても軽くて、よくここまで持ちこたえてくれたなと筆箱に感謝する。

　長く使っていたものだから……思い入れがあるなぁ。

　捨てるなんてできないから、机にしまっておこう。

　忘れないように、新しい筆箱をカバンに入れる。

　明日からの新しい学園生活……楽しみな気持ちもあるけれど、あんまり期待はしないでおこう。

　できるなら……ひとりくらい、友達ができたらいいな……。

　そう、心の底から願った。

　翌朝、目が覚めたらいつものようにお家の片付けから始める。

　みんなが起きる前に、キレイに掃除しておかないと怒られてしまう。

　……よし、片付けは終わり。

　今度は自分の分の朝食を作る。今日は入学式だけだから、お弁当は必要ない。

　あ……ケーキだ。

　冷蔵庫を開けると、中にイチゴのショートケーキを見つけた。

　甘いものは大好きだけど、冷蔵庫に入っているものは勝手に食べちゃいけない。

　私が食べていいのは、タッパーに入っている残りの食材と、お米と卵だけって決まっている。

　それにこれはきっと、星蘭のものだろうから。入学祝いに、昨日買ってもらったものだと思う。

　ショートケーキは見ないふりをして、食材を取り出した。

　朝食を食べ終わった頃、お母さんが起きてきた。

　私はできるだけお母さんの視線に入らないように、リビ

ングをあとにする。

　着替えを済ませた頃、「星蘭、起きなさい」というお母
さんの大きな声が聞こえた。

　星蘭、まだ起きなくて平気なのかな……。遅刻をしない
か心配になったけど、星蘭はお母さんたちと車で行くって
話していたのを思い出した。入学式だから、お父さんもお
母さんも出席するみたい。

　車なら、十分間に合うだろう。

　そう思って、ひとりで先に家を出た。

　聖リシェス学園までは、家から徒歩40分。

　家の近くからバスが出ているけど、歩くのは好きだから
徒歩通学は苦じゃない。

　いい天気……。

　太陽が、背中を押してくれているみたい。

　新しい学園生活に、少しだけ希望が見えた気がした。

「うわあ、大きい……」

　相変わらず、豪勢な正門……。

　学園に着くなり、門を前に萎縮してしまう。

　推薦枠の生徒への説明会の時に１度だけ来たことはある
くらいで、校内全てを見たわけではないけれど、校内は洋
風の建築物で統一されている。中でも正門は、学校の顔に
ふさわしい作りをしていて、まるで、神殿の入り口みたい
だった。

　校舎も大聖堂のように伝統的な建築。どの建造物を見て

も豪華で、世界遺産に登録されていてもおかしくないような校舎だった。

　周りにはほかの生徒の姿もあって、そっと深呼吸をする。

　緊張してきた……。

　この学園で過ごす３年間が……無事に過ぎ去りますように……。

　そう願って、門をくぐった。

「なあ、見ろよあの子」

「めちゃくちゃ可愛い……」

「あんな美人見たことないって……」

　視線を感じる……。

　気にしないようにして、校舎までの道を進む。

　歩いている他の生徒さんたちは、二人組や数人で集まっている人たちが多く、すでにグループができているのかなと思った。

　聖リシェス学園は初等部からあるから、内部生の人たちかもしれない。

　それにしても……。

　白と黒。対照的な色の制服が共存している光景は、少し異様に見えた。

　私の制服の色は、白色。だけど黒色の人もいて、これは所属の学級を表している。

　聖リシェス学園には、白を意味する『ブラン』、黒を意味する『ノワール』というふたつの学級が存在するらしい。

　ちなみに、私はブラン学級に在籍することになっている。

　学科ごとではなく、学級ごとに分かれているそう。

　この振り分け方も……詳しいことはわからなかった。

　クラス表はどこだろう……？

　辺りを見渡すと、人が集まっている場所に「クラス名簿」という看板があった。

　あった……！

「あ、お姉ちゃ～ん」

　クラス分けを見ようと掲示板に近づいた時、ちょうど星蘭も到着していた。

　高い声で呼ばれて、体がこわばる。

「お姉ちゃん、ほんとに徒歩で来たの？」

　私のほうに来て、星蘭は口角を上げた。

「う、うん。平坦な道だから、思ったより楽だったよ」

「バス通学の交通費お父さんにお願いしてみればいいのに。まあ、無視されるでしょうけど」

　周りにいる人たちには聞こえないくらい小さな声で、囁いた星蘭。

「あはは……」

　星蘭、今日はご機嫌みたい。こんなふうに話しかけてくれるのは久しぶりだから、少しだけ嬉しい。

　入学式だから、わくわくしているのかもしれない。

　あ、そんなことを思ってる場合じゃない。早くクラスを確認しなきゃ。

「あたしとお姉ちゃん、同じクラスだって。ふふっ、高校でもあたしの引き立て役、頑張ってね」

え……？

星蘭はもうクラス分けを見たのか、そう言って不敵に微笑んだ。

自分でも確認すると、星蘭の前に自分の名前があるのを見つけた。

Ⅰ－Ⅳ組……。

星蘭と、クラスまで一緒なんだ……。

「あ、俺Ⅳ組だ」

「俺も」

「高等部でもお前と一緒かよ～」

近くにいた男の子たちが、嬉しそうに話しているのが聞こえる。

みんな、新しい生活に胸を躍らせているように見えた。

「あの……」

星蘭が、男の子たちのほうに歩み寄っていった。

「あたし、知り合いがひとりもいなくて、友達になってくれると嬉しいなっ……」

男の子たちは、星蘭を見て顔を赤く染めている。

「も、もちろん……！」

星蘭は可愛いから、男の子たちも嬉しそう。

早速友達ができてる……星蘭は、凄い。

私は楽しそうに話している星蘭たちから背を向けて、自分のクラスへと向かった。

出席番号順だから、私と星蘭は前後の席になった。

男の子たちと一緒に教室に入ってきた星蘭が、後ろの席

に座る。

　後ろから、楽しそうな会話が聞こえていた。

　私はカバンの中から本を取り出し、読書に耽る。

「なあ、あの子……」

「ああ、すっごい美人だな……」

「名簿見ろよ」

「双葉鈴蘭……だって、話しかけてみようぜ」

　ん？　今、名前を呼ばれたような……。

「あっ……！」

　顔を上げた時、後ろから星蘭の声が聞こえた。

「お姉ちゃん、その筆箱あたしのっ……」

「え？」

　星蘭が指をさしたのは、私の机の上に乗っている筆箱。

　びくりと、体が震える。

「ずっと探してたのに、勝手に取るなんてひどいっ……」

　星蘭は目に涙をためながら、悲しそうに私のほうを見つめている。

　これは……昨日、星蘭が私に……。

　そう思ったけど、ぐっと言葉を飲み込む。

　私は星蘭に、反論してちゃいけない。

「今朝だってあたしのケーキ勝手に食べたでしょ……？食べないでって言ったのにっ……」

　もちろん、ケーキにはひと口も手をつけていない。

　これは全部、星蘭のパフォーマンス。

「あのふたり、姉妹なのか？」

　周りのクラスメイトたちが、私たちを見ている。
「妹のもの取るとか、ひどいな……」
「美人だけど、わがままそう……」
「幻滅した……」
　あ……。
　みんなが、軽蔑の眼差しで私を見ているのがわかった。
　……大丈夫。
　こんな視線には、もう慣れてる。悲しいけど、仕方ない。
　私は……いらない子だから。
　生まれた時からずっと、星蘭の引き立て役。
　そのくらいしか、私にできることはない。
「星蘭ちゃん、大丈夫？」
　さっき仲良くなっていた男の子たちが、心配するように
星蘭に寄り添っていた。
「うん……もう慣れっこだから」
「お姉ちゃんから嫌がらせされてるの……？」
「……お姉ちゃん、わがままだから……仕方ないの。あた
しが我慢してあげれば済む話だから」
　私はただ、何も聞こえないふりをした。
「星蘭ちゃん、かわいそう……」
「ひどいな……」
　嫌悪感を含んだ声があちこちから聞こえる。
　それが、本当は怖くてたまらなかった。
「お姉ちゃんのことは責めないで……！　あたしがバカだ
から悪いの。お姉ちゃんは悪くないから」

「星蘭ちゃん、優しすぎるって……」

「ますますかわいそうになってきた」

「こんないい子をいじめるとか、性根腐ってんな……」

　やっぱり……平和な学園生活なんて、到底送れそうにはない。

　高校３年間〝も〞……この立ち位置で、耐え抜いていかなくちゃいけない。

　私たちはあっという間に、意地悪な姉と心優しい妹としてクラスメイトに認知された。

告白

　今日は入学式だけで、授業はない。

　式が終われば、教科書や必要な教材が配られて、そのまま帰宅する予定になっている。

　入学式は、ホールで行われる。

　クラスごとに、ホールに移動して、自分の席についた。

　ここも、入学説明会の時に一度訪れたけど……高校の一室内とは思えない。国会議事堂を彷彿させる立派なホールだ。

　天井には、宝石があしらわれたシャンデリアがいくつも吊り下げられている。

　どこを見ても、お金がかけられている学園。

　自分がここにいてもいいのかと、萎縮してしまうくらい。

　それにしても……ブランとノワールは、完全に別物として扱われているのかな。

　ちょうどホールの真ん中は、階段で区切られていて、それを境目にブランとノワールがきっちりと分かれて座っている。

　校舎も違うって聞いたから、校内で関わることは滅多にないのかもしれない。

　白と黒の制服。まるで、世界を分けられているみたいに感じた。

　白の制服も洗礼されてて綺麗だけど……黒の制服も、

かっこいいなぁ……。

　ノワールの人たちを見て、そう思った。

　目に映る何もかもが興味深くて周りを見渡していると、後ろには保護者の席があった。

　あ……お母さんと、お父さん……。

　ふたりは、私じゃなくて、星蘭を見に来たんだ。

　見ていると悲しくなりそうだったから、すぐに目を逸らした。

「開式の辞。これより、聖リシェス学園高等学校の入学式を執り行います」

　進行の……あれは、確か教頭先生。先生の声が、ホール内に響き渡った。

　私も背筋を伸ばして、先生を見る。

　私の高校生活が、本当にここから始まるんだ……。

　高校生になったという実感が少しずつ湧いてきた。

　国歌斉唱、式辞や祝辞が終わって、在校生の挨拶に入る。

「ブラン学級、代表挨拶」

　ブラン学級……私の所属する学級だ。代表ってことは、ブラン学級の級長さん……？

　ゆっくりと、舞台に上がったその人。

　綺麗な白髪をなびかせ、堂々と歩いているその人は……遠目からでも、とても美しく見えた。

　まるで……絵本に出てくる、王子様みたい。

　かっこいいより、美しいという言葉が合う。

　周りの生徒たちも、あまりの美しさに見惚れて、はぁっ

とため息をついているのが聞こえた。

「級長、白神ルイス」

　名前を呼ばれ、スタンドマイクの前に立ったその人。

　白神ルイス……なんだか、名前まで神々しい。

　彼は無表情のままスピーチを始めた。

「──新入生の皆さん、この度は入学おめでとうございます。私たち在校生一同は、皆さんの入学を心から歓迎しています」

　歓迎の言葉とは反して、表情は冷たい。無表情のまま、台本を淡々と読んでいるように見える。

「……くれぐれも、ブラン学級の生徒は学級にふさわしい行いを心がけるように。以上」

　その言葉を最後に、挨拶は終わったのか、白神さんと呼ばれた方は一礼して舞台を降りた。

　ブラン学級の生徒って言い切っていたけど……なんだか、意味深に聞こえたな……。

「ルイス様、かっこよかったっ……」

　近くで、女の子の声がした。

「ちょっと、下の名前で呼ぶなんて失礼よ……！」

「白神様は高貴なお方なんだから……！」

　こそこそと話している会話が耳に入る。

　さ、「様」呼び……。

　どんな人かわからないけれど、高貴な扱いを受けているということだけはわかった。

　級長をしているくらいだから、とても優秀な人んだと

思う。

「ノワール学級、代表挨拶。級長、黒闇神夜明」

　次はノワール学級の級長さんが挨拶をするらしく、再び舞台を見つめる。

「黒闇神様っ……」

　ブランの級長さんの時以上に、周りがざわついたのがわかった。

　きょろきょろと周りを見渡すと、みんなが期待に満ちた眼差しをしている。

　ノワール学級の級長さんは、そんなに人気のお方なのかな？

　まるで、有名人のような扱いだ。

　息を飲んで見つめる舞台上に、ひとりの男の人が歩いてきた。

　この人が、級長さん……？

「みなさん、入学おめでとうございます。級長の黒闇神が欠席のため、副級長の司空竜牙が代理を努めさせていただきます」

　どうやら別の人らしく、ホール内が落胆の空気に包まれたのがわかった。

「残念……」

「黒闇神様は表には滅多に姿を現さないって有名だから、お目にかかれるとは思ってなかったけど……ちょっと期待しちゃった」

　滅多に姿を現さない人……？

　級長なのに……？

　一体どんな人なのか、純粋に気になった。

「でも、司空様もかっこいいよね……！」

「わかる……！　紳士で素敵……！」

　女の子たちは、代わりにスピーチをしている人を見て
うっとりしている。

「皆さんが一日も早くこの学校に慣れるよう、在校生一同、
応援しています」

　さっきのブランの級長さんとは違い、司空さんと呼ばれ
た人は爽やかな笑顔で挨拶を締めくくった。

　とても優しそうな人……。

　先輩にああいう人がいるとわかっただけで、少し緊張が
解けた。

「だけど、やっぱり黒闇神様が一番よね」

「ちょっと……！　あたしたちはブランなんだから、白神
様を支持しなきゃ……！」

　ノワールの級長を讃える女の子を、周りにいた子が注意
していた。

　ブランなんだからって……ブランとノワールは、敵対し
ているのかな？

　わからないけど、そんな言い方に聞こえた。

　兎にも角にも、私はこの学園について知らなさすぎる。

　早く理解して、慣れないと……。

　誰かに聞くことはできないから、自分で調べよう。

　入学式が終わって、教室に戻る。

「あの子、めちゃくちゃ可愛くない……？」

「でも、性格最悪らしい」

　廊下を歩いている時、至る所から視線を感じた。

　それも、あまりよい視線ではないような気がする。

「え……どういうこと？」

「さっき聞いたけど、妹のこといじめてるらしいよ」

「なんだそれ……美人でも、性悪はちょっと……」

　聞こえた会話に、私は視線を下げた。

　星蘭が教室で話してたこと、もう広まってるんだ……。

　居心地の悪さを感じて、私はできるだけ顔を見られないように歩いた。

　ふぅ……。

　入学式が終わって、今日は解散になった。

　逃げるように、非常階段に移動して、その場に座り込む。

　教室では、完全に浮いてしまった……。

　友達ができればいいな、なんて思っていたけど……やっぱり、そんなの無理だよね……。

　高望み、しすぎだ……。

　自分の頬を、パチパチと叩く。

　悲しいからって、落ち込まない。落ち込んでいても、何も変わらないから。

　大丈夫、ひとりでも平気。

　空を見上げると、雲ひとつない青空が広がっている。

　綺麗……こんなに綺麗な空を見上げられるだけで、私は

十分幸せものだ。

　……そうだ、あとで図書室に行ってみよう。

　きっと今日は、入学式のお祝いで星蘭とお母さんとお父さんでご飯に行っているだろうから、多少、私の帰りが遅くなっても大丈夫。

　宿題があるわけでもないし、時間はあるから……図書室にこもろう。

　本は、私の唯一の友達。

　私にとって、読書をしている時間は一番幸せな時間。

　こんなに立派な学園だから……きっと図書室も広くて、蔵書も充実しているだろうなぁ……。

　楽しみで、想像するだけで胸が踊った。

　よし、行ってみよう。

　そう思って立ち上がって、振り返った時だった。

「……あっ」

　非常階段の扉の前に、男の人が立っていた。

　それは……さっき、入学式で見た人。

　確か名前は……白神、ルイスさん……だったはず。私も在籍しているブラン学級の級長さんだ。

　遠くから見たときも、綺麗な人だとは思ったけど、近くで見るとますます美しい人だった。

　美しいを通り越して、人間離れした麗しさを感じた。

　彼はなぜか、私を見て大きく目を見開いている。

「君……新入生か？」

　声をかけられて、身構えた。

　私に……聞いているんだよね？

　あんな高嶺の花のような存在の人が、どうして自分に声をかけるのかがわからなくて、戸惑いでいっぱいになる。

「は、はい……」

　それでも、無視をするわけにはいかず、首を縦に振る。

　彼はゆっくりと歩み寄ってきて、私の前で立ち止まった。

　ふわりと、彼から花のようないい香りがする。

「……知っているかもしれないが、俺の名前は白神ルイスという」

　彼の言う通りさっきの入学式で名前を知っていたので、もう一度頷いた。

　級長さん……白神さんは、突然私の前に跪いた。

　え……？

　突然の行動に理由がわからず困惑していると、私の手を握ってきた白神さん。

「君に……一目惚れした」

　一目惚れ……？

　私に告げられるはずがない言葉に、ますます当惑した。

　こんなに美しい人が……他の誰かに一目惚れをするなんてことがあるのかな。ましてや……その相手が自分だなんてありえない。

「こんな感情は初めてだ」

　それなのに、私を見上げる彼の瞳には……恋情の色が見えた。

「俺と、婚約してくれ」

しん……と、私の世界が静寂に包まれる。

時が止まったような感覚にさえ陥った。

今、なんて？

「こ、婚約っ……？」

ハッと我に返って、一歩後ずさる。

反動で握られた手が離れていき、彼は不思議そうに立ち上がった。

「ん？　何に驚いている？」

何にって……え？　私の反応がおかしいの、かな……？

でも、婚約って……。

まず、彼が私に一目惚れしたという時点で信じられないのに……その上婚約を申し込まれるなんて……頭の中がパンクして、今にも卒倒しそう。

「この学園では、珍しいことではない」

白神さんの言葉に、首をかしげるしかなかった。

「……まさか、婚約制度について知らないのか？」

初めて聞くその単語。なぜか、私の反応に白神さんのほうが驚いていた。

「君、推薦入学者だろう？」

「は、はい……」

「入学説明会で聞かなかったか？」

説明会中、先生の話が長く眠ってしまった星蘭の分も聞いておかなくちゃと思って、しっかり話は全部聞いていた。

それでも……婚約制度なんて説明はなかったはず……。

「そうか……なら、俺が教えよう」

　白神さんはそう言ってから、その制度について説明してくれた。

「この学園では、男女の交際はすなわち婚約になる」

　衝撃的な事実に、驚いて目を見開いた。

　交際＝婚約……？

「恋人同士は、婚約者同士という扱いになるということだ。"そのため"の学園でもあるからな」

　説明をしてもらっても、全く理解ができなかった。

　そのための学園？　この学園は……一体、どういう学校なんだろう……？

「そして俺は制度に従って、今、君に婚約を申し込んでいるわけだが……受けてくれるか？」

　再び、その場に跪いた白神さん。

　……やっぱり、おかしい……。

「どうして、私に……」

　この人は、同じ生き物なのかと疑うほど眉目秀麗な人。

　そんな人が……どうして……。

「一目惚れした。何度でも言おう」

　そう言われても、理由に納得することができないから謎は深まるばかり。

　私は、いらない子だ。

　両親にも愛されなかった。両親が悪いわけじゃなくて、私が醜いから悪いんだとずっと思っていた。

　前のお父さんに似ている私が、みんなを苦しめているんだって……。

　星蘭はいつも、私のことを可愛くないというけど……本当にそうなんだと思う。

　自分の容姿がよくないことは、自覚してたから……彼の言葉を受け入れることができない。

「俺のことが気に入らないか？」

　慌てて、首を横に振る。

「いえ、そんな……」

　気に入らないなんて、ありえない……。

　その……すごく、魅力的なお方だと思うし……こんな人に好かれて、嫌なわけがない。

　素直に……嬉しかった。

　私みたいな人間はこの先もきっと、誰にも愛されないと思っていたから……。

「私で、いいんですか……？」

　出来損ないで、誰にも必要とされなかった。

　そんな私でも……この人は、好きでいてくれるの、かな……。

「ああ。俺は手に入れたものは大事にする性分だ。安心しろ」

　ふっと、優しい笑みを浮かべた白神さん。

「お前のことを大切にすると約束する。だから……俺の手をとってくれ」

　私の世界が、一瞬にして色づいた気がした。

　子供の頃、一番好きな小説はシンデレラだった。

　いつかかぼちゃの馬車が現れて、王子様のもとへ連れていってくれる……なんて素敵な物語なんだろうと思った。

　私には、王子様は現れないんだと思っていたのに……。

　まさか……こんな夢みたいなことが、自分の身に起きるなんて……。

　誰かに求められることが、こんなにも、嬉しいなんて……。

「は、い……」

　星蘭の言いつけも忘れるほど、幸福感で満たされて、何も考えず頷いてしまった。

　ただ、とても幸せだった。

　私を好きと言ってくれるこの人を……誰よりも好きになりたい。

　私の返事に、微笑みを浮かべた白神さん。

「お前は今日から、名実ともに俺の婚約者だ」

　間違いなく、私の人生で一番幸せな瞬間を噛みしめた。

　これが──ほんのひとときの、幸せだとも知らずに。

聖リシェス学園

『お前は今日から、名実ともに俺の婚約者だ』

　本当に……私が彼の、婚約者になったのかな……。

　あのあと、逃げるように走って非常階段を飛び出した。

　あのまま一緒にいたら、幸せのあまり泣いてしまいそうだったから。

　驚きすぎて現実を受け入れられなくて、結局、図書室に寄るのも忘れて、そのまま家に帰ってきてしまったんだ。

　急に逃げ帰るなんて、感じが悪かったかもしれない。

　嫌われたり、なんだあいつって思われたりしてないかな……。

　早速不安になって、はぁ……とため息をついた。

　白神、ルイスさん……。

　かっこよくて、本当に絵本の中から出てきた王子様みたいな人だった……。

『お前のことを大切にすると約束する。だから……俺の手をとってくれ』

　大切にされるって……どんな感じなんだろう。

　自分が大切にされたことがないなんて言い方は、お母さんたちに失礼かもしれないけど……あんまりピンとこない言葉。

　よくわからないけど、あの人のそばにいても、いいのかな……。

　それより、恋人＝婚約だって言っていたけど……つまり、今は婚約者兼恋人の状態ってこと……？

　恋人……。まさか自分に、恋人ができるなんて……。

　それも、あんなに素敵な人……。

　これから、どんなことが待っているかはわからない。星蘭に知られたら、何を言われるかもわからないけど……だけど、できるなら、彼のそばにいたい。

　それにしても、まさかリシェス学園に、婚約の制度なんていうものがあったなんて……。

　白神さんは私が知らないことに驚いていたから、学園に入学した人たちはみんな当然婚約制度のことを知っているのかもしれない。

　明日こそは図書室にいって、ちゃんとリシェス学園のことを調べてみよう。

　今日はなんだか……夢見心地で、もう何も手につきそうにない。

　そうは言っても、みんなが帰ってくるまでに家を掃除しておかなきゃ怒られるから、夜まで家事をしていた。

　昨日の残りのご飯を食べて、お風呂に入ろうとした時、玄関が開く音が響く。

「あ、お姉ちゃん帰ってたんだ」

　ご機嫌の星蘭がリビングに入ってきて、笑顔を返した。

「うん。おかえりなさい」

「ふふっ、ただいま〜！　入学祝いで、美味しいお寿司食

べてきちゃった」

「そっか」

　お寿司……。

　もちろん聞いたことはあるけど、私は食べたことがない。

　どんな味がするんだろう。いつか食べてみたいな。

「つまんない反応」

「え？」

「何も。ていうか、お姉ちゃん高校では友達できそう？」

　星蘭の質問に、びくりと肩が跳ねる。

「ふふっ、お姉ちゃんは社交性ないから、無理かぁ」

　にっこりと、満足げに微笑んだ星蘭。

　その笑顔に、少し恐怖心を覚えた。

　お父さんとお母さんは、無言のまま私の横を通り過ぎて荷物を置きに自分たちの部屋へ行った。

「あたしはもうほとんどのクラスメイトと喋ったよ。魔族の友達も何人もできちゃった〜」

　……ん？

　星蘭の発言の中に、違和感を見つける。

「魔族……？」

　なんだろう、それは……？

　魔族って……ファンタジー小説に出てきそうな単語。

「……は？」

　驚愕している星蘭を見て、ますます不思議に思った。

「お姉ちゃんってば、まさか魔族も知らないの？」

　どういうこと……？

　わからないから頷くと、星蘭は数秒固まったあと、耐え
きれないといった様子で吹き出した。
「あははっ……！　そっかそっか！　お姉ちゃんはスマホ
も持ってないし、テレビも観れないもんねぇ」
　大笑いしている星蘭に、謎は深まるばかりだった。
　星蘭の言う通り、私はスマホやケータイのような端末の
類は持っていないし、テレビも基本的に観ない。
　ひとりの時に観てはいけないと言われているし、誰かが
観ている時も、家事をしてるからそんな余裕はなかった。
　そんなに笑うってことは……私にとっては知らないこと
でも、みんなは当然知っている常識なのかな。
「まぁ、小中学校の時は周りに魔族はいなかったし……お
姉ちゃんなんかが高貴な魔族と関わりがあるとも思えない
もんねぇ」
「その、魔族って……？」
　気になって聞けば、星蘭は鬱陶しそうに目を細めた。
「どうしてあたしがあんたに教えてあげなきゃいけない
の？　自分で調べれば？」
　機嫌を損ねてしまったようで、すぐに「ごめんね」と謝っ
た。
　魔族……。
　知らないことが怖くなってきて、落ち着かない。
　そのことと婚約のことで頭がいっぱいで……その日はあ
まり眠れなかった。

　翌朝。本当は放課後に図書室に行こうと思っていたけど、いてもたってもいられなくて、いつもより早く起きて学校に向かった。

　HRが始まる1時間前に学校について、図書室に向かう。

　昨日、星蘭が言っていた、魔族のことを調べるため。

　中には受付の人だけが座っていて、他には誰もいなかった。

　想像していたよりも膨大な数の書物がびっしりと棚に並んでいて、驚くと同時に心が踊る。

　こんなにたくさんの本に囲まれるなんて……夢みたい……！

　卒業するまでにどれだけ読めるかなっ……！

　って、感動してる場合じゃなかった……。

　図書室のマップから、目的の本を探す。

　魔族、魔族……あっ。

「魔族の歴史」という本を見つけて、手を伸ばす。

　分厚いその本を持って近くの席に座って、すぐに本を開いた。

　何、これ……。

　ページをめくる手が、小刻みに震えだす。

　本に書かれていた事実に、私は驚愕した。

　この世界には……魔の力を操る者の生まれ変わりである、魔族が存在するらしい。

　といっても、魔族の人口はごくわずかで、世界規模で0.1%以下と言われている。

　そのくらい、魔族は希少な存在。

　見た目は人と変わらないけれど、普通の人間よりも能力が高くエリート体質で、社会的にも優遇されているそう。

　上流階級の人間は、ほとんどが魔族で占めると言われているほど。

　そしてその多くが……人間離れした端麗（たんれい）な容姿をしているらしかった。

　現首相も……悪魔の血を継ぐ魔族で、元首相も……妖精（ようせい）の魔族だったって……。

　まさか、私が当たり前のように暮らしているこの世界に……知らない人種が存在したなんて……。

　ごくりと、息を飲む。

　そんなの……。

　本当にファンタジー小説の話みたい……！

　空想の世界が好きな私の心は、小躍りしていた。

　凄い、魔族の血を引く人間なんて……かっこいいっ……！

　それに、特別な能力なんて……。

　本には、先祖にまつわる様々な能力が存在すると書かれていた。中には、火を吹いたり、空を飛べる魔族も存在すると書いていた。そんなの、素敵すぎるっ……！　すごく羨（うらや）ましい……！

　今も新しい能力が発見され続けているそうで、とても興味が湧いた。

　はっ……興奮して、我を忘れそうになっていた……。

　この世にそんな人たちが存在するなんて、とっても興味

深いけど……その事実を、今まで私は知らなかったんだ。

　授業や学校では教わらなかったとはいえ……昨日星蘭も、知っていて当然のような物言いをしていた。

　今まで、スマートフォンを持っていないことにそれほど不便を感じたことはなかったけど……今日だけはデメリットの大きさを痛感する。

　自分がどれだけ世間知らずかということに、改めて気づいた。

『魔族の友達も何人もできちゃった〜』

　そういえば……星蘭がああ言っていたってことは、この学園にもその魔族の方たちがいるってことだよね……？

　見た目は人間と変わらないって書いてあるし……魔族の方たちは、案外身近にいるのかもしれない。

　そうだ、聖リシェス学園についても調べなきゃ。

　まだ時間に余裕はあるし、もともと今日は学園について調べる予定だった。

　すぐにそれらしき本を見つけて、手にとる。『聖リシェス学園の記録』と書かれているし、学園に関することが記されているに違いない。

　本に綴られている字に視線を走らせていくうちに、また私の手は小刻みに震えだした。

　聖リシェス学園は……魔族が、集まる学園……？

　震える手で、ページをめくっていく。

　この学園は……在校生の半分以上が、魔族で形成されている。

　魔族と、推薦をもらった人間しか入学することが許されていない特別な学園。

　魔族は人間と結婚することでしか子に異能力を宿せないらしく、魔族の相手にふさわしいと国が判断し、選ばれた人間だけが特待生として入学する。

　書かれてあった事実に、驚いてページをめくる手が止まった。

　だから……推薦の選定理由が、謎だったんだ……。

　というか、私が知らなかっただけで、他の人たちは知っていたのかもしれない……。

　当たり前のことすぎて、入学説明会でも話さなかったってこと……？

『星蘭が選ばれるのは当然よ……！』

　お母さんもそんなことを言っていたし……。

　本当に……私だけが……何も知らなかったんだ……。

　自分がとんでもない学園に入学してしまったということに、この時初めて気づいた。

幸せと不安と

つまりこの世には人間だけど、魔族の能力を受け継いだ生まれ変わりの魔族が存在して……この聖リシェス学園には、その魔族の方たちが集まっていて……あ、頭がパンクしそう。

推薦の理由はわかったけど……結局、基準はわからないまま。

魔族の相手にふさわしいと国が判断した人間って言われても、私がそこに当てはまるとは到底思えない。

誇れるものといえば、勉強が好きなことくらいだから。

学力とかも、関係しているのかな……？

図書室の椅子に座り、少しの間ぼうっとしていた。

驚愕の事実の数々をまだ受け入れられてはいないけど、入学したからには無事に卒業できるよう頑張ろう。

私は1冊本を借りて、図書室を出た。

授業が始まるまでにまだ30分くらいあるけれど、教室はすでに生徒で溢れていた。

席が埋まっているのを見ると、もうほとんどの人が登校してきているみたい。

教室に入ると、クラスメイトたちの視線が一斉に私に集まった。

え……？

「星蘭ちゃんのお姉ちゃんって、あの子だよね？」

「星蘭ちゃんのこと、いじめてるらしいよ」

　あ……そっか……。

　もう、私の噂も広まっているから……こんなふうに軽蔑の眼差しで見られるのも仕方ない。

　気にしないふりをして、席についた。

　星蘭ももう来ていて、後ろの席で楽しそうに男の子たちと話している。

　そういえば……このクラスにも、魔族の方がいるんだ……。

　クラスメイトの半数は魔族の方たちなのかもしれない……。

　そう思うと、ワクワクしてしまう。

　本に書かれていたように、水を出したり、火を起こしたりできるのかなっ……。

　って、興味本位でそんなことを思ったらダメだよね。失礼にあたるかもしれないし……。

　本によると、魔族は高貴な存在だと書かれていた。

　失礼がないように、気をつけなきゃ。

　きっと噂がもっと広まるのも時間の問題だし、みんな私と同じ教室にいるだけで不快だと思う。だからせめて、空気のような存在になれるように努力しようと思った。

　もうグループはほとんどできあがっているのか、ひとりでいるのは私くらいで、みんな数人で集まっている。

　楽しそうに会話をしているクラスメイトをよそに、さっき図書室で借りてきた本を早速読みはじめた。

「おい、大スクープだぞ……！」

　大きな声を上げて、ひとりの生徒が教室に入ってきた。

「級長に婚約者ができたらしい……！」

　その生徒の発言に、一気にどよめきだしたクラス内。

　私は思わず、ごくりと息を飲んだ。

　級長に、婚約者……。

「その噂本当かよ……！」

「昨日、級長自ら申し込んだんだって、本人が言ってたんだ……！」

「俺、初等部からこの学園に通ってるけど、級長が婚約者を作るのってこれが初めてじゃないか……!?」

「相手は新入生らしいぞ……！」

「級長の心を射止めた相手って……一体どんな人間なんだ？」

　級長の婚約者の話題で溢れかえっているのを見て、体がこわばった。

　級長は、ブランとノワールひとりずつ。ここはブランの校舎だから、ここにいる生徒にとっての級長は白神さんに違いない。

　本当に、白神さんのことなのだとしたら……相手の婚約者というのは、もしかして……。

　……いやでも、やっぱり昨日の出来事は夢だったのかもしれない……。

「まさか、星蘭ちゃんだったりしない？」

「あ、あははっ……あたしじゃないかな……」

　後ろで、星蘭たちの会話も聞こえた。

　みんなが婚約者探しを始めて、ますます落ち着かない。

　開いた本の内容も、全く入ってこなかった。

「おい、級長がいるぞ……！」

　え？

　廊下で、誰かの声が響いた。

「１年の階にいるってことは……もしかして、婚約者に会いにきたのか……!?」

　クラスメイトたちが、一斉に廊下側に駆け寄って、声がしたほうを覗いている。

　姿を現すだけでこんなに騒がれるなんて……まるで有名人みたいだ。

　私も、本から廊下のほうに視線を移す。

　すると……教室の窓越しに、白神さんの姿が見えた。

　ちょうどこっちを見た白神さんと、視線がぶつかる。

　白神さんは……嬉しそうに微笑んで、教室の中に入ってきた。

「……ようやく見つけた」

　私の前に来て、立ち止まった白神さん。

「お前な……昨日は名前も名乗らずにいなくなるから焦ったぞ」

　その言葉は、昨日の出来事が夢ではないのだと証明してくれた。

「……級長の婚約者って、あの子……？」

「双葉星蘭ちゃんの双子のお姉ちゃんらしいよ」

「誰？　知らないけど、級長が婚約を申し込んだのも頷けるくらい美人だな」

「でも、性格悪いとか聞いたけど……」

　こそこそと、他の生徒が話している声が聞こえる。

　クラスメイトだけではなく、廊下にはたくさんの生徒が集まっていた。

　目立つのは怖くて、萎縮してしまう。

「……ギャラリーが邪魔だな。ふたりきりで話したい。移動しよう」

　白神さんはそう言って、私の肩に手をまわした。

　たくましい腕に掴まれて、びくりと肩が跳ねる。

「ん？　どうした？」

「あ……い、いえ」

「行くぞ」

　びっくり、した……。

　誰かに肩を抱かれるのなんて初めてで、心臓が痛いくらい早く脈を打っている。

　白神さんが進むと、周りにいた生徒たちは道を開けるように自らよけていった。

　肩を抱かれたまま、教室を出る。

　この時、星蘭が私を睨みつけていたことになんて、気づかなかった。

　白神さんに連れてこられたのは、一番上の階にある個室だった。

　個室といっても、豪邸の一室のようなエレガントな室内。教室4つ分ほどの広さで、白を基調とした繊細な装飾、優美なインテリアが配置されている。

　ここは……な、なんの、部屋なんだろう……？

　わからないけれど、ベッドやソファ、テーブルもあって、生活できてしまいそうな部屋だ。

「ここは級長だけが使える特別な部屋だから、誰も入ってはこない。安心しろ」

　級長だけが使える部屋……？

　そんな特別な場所が与えられてるなんて……。

　それだけ優遇されるということは、価値があるということ。各学級の代表はひとりだから、級長に選ばれるのも相当狭き門だと思う。

　白神さんは、私が想像しているよりも凄い人なんだろうな……。

　いつまでたっても、昨日の出来事が信じられそうにない。

「こっちへこい」

　白神さんはソファに座って、私を手招きした。

　隣に座れってことかな……？

　白神さんの前まで歩み寄ったけど、こんな高級そうなソファに座るなんて恐縮してしまう。

「どうした？　ほら、こい」

　ためらっている私の手を、白神さんが掴んだ。そのまま

優しく引っ張られて、隣に座る。

　わっ……ふ、ふかふかっ……。

「お前は目立つのが苦手か？」

「え？」

　突然の質問に、とっさに首をかしげた。

「さっき、教室でずいぶん萎縮していただろ」

　もしかして……気づいていて、この部屋に移動してきて
くれたのかな……？

　いや、そんなの、自意識過剰すぎる……。

　なんて答えるべきかわからず、視線を下げる。

「少しだけ……」

　考えた末に正直にそう答えると、白神さんは「そうか」
と感情の読めない声色で言った。

「まあ、ゆっくり慣れればいい。俺の婚約者になれば、い
やでも人目に触れる機会が増えるだろうからな」

　恐る恐る白神さんを見ると、優しい眼差しと視線がぶつ
かった。

「ただ、無理はするな。お前のペースで慣れていってくれ
ればいい」

　昨日も私に向けてくれた、慈愛に満ちた微笑み。

　こんな穏やかな表情を向けられることは滅多になかった
から、それだけで泣きそうなくらい嬉しかった。

　どうしてこの人は……こんなにも優しい眼差しで、私を
見てくれるんだろう。

「ありがとう、ございます」

　泣いたら変な奴だと思われてしまうから、涙をぐっと堪えてお礼を言った。

「お前は俺の婚約者として、堂々としていろ」

　婚約者……。

　改めて言われると、少しだけ実感が湧く。

　見初めていただけた理由はわからない。

　だけど……この人がいてもいいと言ってくれる限り、隣にいたい。

　いさせて、ほしい……。

「もうすでに、俺とお前の関係は周知の事実になっている。俺が昨日周りの奴らに伝えたからな。近々、俺の両親にも会ってもらいたい」

　今朝、騒ぎになっていたのはそういう経緯だったんだ……。

　それに、両親にって……話が進みすぎていて、困惑してしまう。

「それで……お前の名前を教えてくれないか？」

　改まって、そう聞いてきた白神さん。

「名前だけじゃなく、お前のことが知りたい」

　知りたいなんて言われるのも初めてで、いろんな感情がこみあげてくる。

　戸惑い、不安、嬉しさ……だけどやっぱり一番は、幸せが大きかった。

「双葉……鈴蘭、です」

　そう伝えると、白神さんは満足げに口角を上げた。

「鈴蘭。いい名前だ」

　滅多に呼ばれることのない名前で呼ばれて、ドキッと心臓が大きく跳ね上がった。

　お父さんがつけてくれたこの名前は気に入っていたけど、白神さんにそう言ってもらえたことで、もっと好きになれた。

「美しいお前にふさわしい」

「美しい……？」

　私には、ふさわしくなさすぎるその言葉。

　美しいっていうのは、本来白神さんのような人に使う言葉だ。

「ああ、俺が見初めたんだ。お前は誰よりも美しい」

　驚きのあまり、まばたきを繰り返す。

　何を、言っているんだろう……？

　昨日も、一目惚れだっておっしゃっていたけど……白神さんは独特な美的感覚を持っているのかもしれない。

「なんだ、自分の容姿には無頓着なのか？」

「そんなことを言われたのは、初めてです……」

「……冗談はよせ」

　嘘ではないのに、白神さんは眉間にシワを寄せた。

　疑っているような眼差しに、怒らせてしまったかもしれないと焦る。

　この人には、嫌われたくないのに……。

「まあ、高飛車な女よりはましか」

　そう言って、白神さんは私の肩を抱き寄せた。

　肩が触れ合い、慣れない人との接触に顔が熱くなる。

「謙遜はしなくていい。わかったか？」

　謙遜……。一体私のどの発言を聞いて謙遜と言っているのかはわからないけど、とりあえず頷いた。

「ゆっくりと話せればと思ったが……もうそろそろHRが始まる時間だな」

　本当だ……。

　時計を見ると、HRの10分前だった。

「そろそろ戻ろうか」

　名残惜しさを感じながら私も立ち上がった時、白神さんは何かを思い出したようにハッとした表情になった。

「ああそうだ、忘れるところだったな……連絡先を教えてくれ」

「すみません、私、スマートフォンを持っていなくて……」

　伝えられる連絡先は、家の電話番号だけだった。

　それも、両親には私用で使うことは許されていないから、基本的に連絡を取る手段がない。

「……驚いた。そんな奴がいるのか」

　白神さんは、目をぎょっと見開いていた。

　今まで連絡先を聞かれることもなかったから、特になんとも思っていなかったけど……持っていないことは、そんなにも珍しいことなのかな。

　私と白神さん、どちらの価値観がずれているのか、比較対象が少ないからわからない。

　だけど、星蘭は小学校低学年の時にはもうスマートフォ

ンを持っていたはずだから……ずれているのは私のほうな
のかもしれない。

「経済的な理由か？」

「いえ」

　私の家は、裕福な家庭に入ると思う。お父さんは自営業
で、お金には余裕がある。

　お母さんと星蘭はふたりともブランド物が好きで、よく
ショッピングにも出かけている。

　ただ、友人もいない私にはスマートフォンは必要ないだ
ろうと言っていた。

　確かにその通りではあると納得できたし、頼んでも買っ
てもらえるとは思えないから、いつか自分で働いたお金で
買うつもりだ。

「連絡が取れないのは不便だな……わかった、俺がお前用
に１台用意しておく」

　え？

「そんな……」

　用意してもらうなんて、そんなことできない。

「俺と連絡を取るために持っておけ」

「でも、そんな高価なものを私のために用意してもらうな
んて……」

　スマートフォンって、すごく高価なものだし……そこま
でしてもらうのは申し訳ないから。

「お前は俺の婚約者だ。遠慮する必要はない」

　白神さんは笑顔を浮かべて、私の頭を撫でてくれた。

　優しい手つきに、心臓は何度でも高鳴る。

　こんなに優しくしてもらって、いいのかな……。

「そんな不安そうな顔をするな。婚約者には甘えておけ」

　罪悪感のほうが勝るけど、これ以上拒否するのも失礼になる気がした。

「ありがとうございます、白神さん……」

「ルイスと呼べ」

　え、下の名前で……？

　男の人を名前で呼んだことなんてないから、緊張してしまう。

「ルイス、さん……」

「ああ、お前に名前を呼ばれると気分がいい」

　言葉通り、上機嫌になった白神さん……ルイスさん。

　私が名前を呼ぶだけで、喜んでもらえるなんて……。

　また込み上げてきた涙を、ぐっと堪えた。

「今日はオリエンテーションが終わったら１年は帰宅だったな。俺たちは授業があるから、また明日会いに行く」

「はい……ありがとうございます」

「教室まで送っていこう。行くぞ」

　私の肩を抱き寄せて、歩きだしたルイスさん。

　この腕の中に、ずっといたい。なんて……贅沢すぎることを思ってしまった。

「またな」

　教室まで送ってくれたルイスさんは、私の頭を優しくぽ

んっと撫でて、自分の教室に戻っていった。

頭に残った感触。少しの間、余韻にひたるようにぼうっとしてしまう。

夢みたいな、時間だった……。

またって……明日も、お話しできるのかな……。

そうだとしたら……嬉しい……。

私にはもったいないくらいの幸せをくれるルイスさん。昨日出会ったばかりとは思えないくらい、私の中で大きな存在になっていた。

「本当に、級長が婚約者を作るなんて……」

「羨ましいなぁ……」

「でも、双葉さんって妹の星蘭さんのこといじめてるんでしょう？」

こそこそと、私を見て話しているのが聞こえた。

「ほんとに？　級長はそれ知ってるの？」

「級長のことも、どんな手で落としたんだろうね……」

聞こえないふりをして自分の席につこうとした時、星蘭がこっちを見ていることに気づく。

一瞬……気のせいかもしれないけど、星蘭が目を細めた気がした。

びくりと、肩が震える。

星蘭に、何か言われたらどうしよう……。

それに、不安はもうひとつあった。

すでにクラスでは広まっている私の悪評が、ルイスさんの耳に入ったら……ルイスさんは、どう思うだろう。

　嫌われて……もう、そばにいられなくなるかもしれない……。

　そう思うだけで、ただ怖くなった。

神に願うのは

　その日も放課後になり、少しの間図書室にこもった。

　学園や、魔族について、まだまだ知らないことばかりだから、少しでも知識を得ようといろんな本を読む。

　婚約制度についても、知らないことばかり書いてあり、私は夢中で読み進めた。

　ルイスさんが言っていた通り、この学園では恋人＝婚約者という扱いになるんだ……告白は、すなわち婚約の申し込みにあたる……か。

　……え？　人間から、魔族に婚約を申し込むことはできない……？

　書かれてある事実に、驚くと同時にハッとした。

　そういえば……ルイスさんは、魔族なの、かな……？

　その本の続きに目を走らすと、『婚約を申し込めるのは、魔族から人間にのみ』と書かれてあった。

　それはつまり――ルイスさんは、魔族だという証明だ。

　そっか……そうだよね。級長に選ばれるってことは、それだけ能力を評価されているってことで……。

　魔族は、人間よりも優れた能力を持っているそうだから、普通に考えればルイスさんが魔族であるのは当然のことだ。

　まさか……ルイスさんもだったなんて……。

　見た目は人間と何ひとつ変わらないから、気づかなかっ

た。

　いや……ルイスさんの見た目は人間離れした美しさだから、魔族だと言われたほうがむしろ納得はできるかもしれない。

　ルイスさんは、なんの能力を持っているんだろう……。

　まず、どの種族なのか……。

　魔族には、様々な種族が存在して、その中でも階級があるそう。

　能力も個人差があり、高尚な種族ほど魔力の高い魔族が多いと本にも書かれていた。

　ルイスさんの種族が気になるというよりも、その能力に興味があった。

　ルイスさんは、空は飛べるのかなっ……？　動物と会話したりっ……。

　気になるけど、直接聞くのは不躾に当たるかもしれない。

　いつか、知れたらいいな……。

　そう思って、私は本を閉じた。

　学園に関することが書かれている本を借りて、家に帰る。

　自分の部屋に行くためリビングを通り過ぎようとした時、中から怒号が聞こえた。

「鈴蘭‼　部屋に行く前に、こっちへ来なさい‼」

　え……。

　お母さんのものと思われるそれに、体がこわばる。

　私に対してお母さんが怒るのはいつものことだけれど、

ここまで怒りをあらわにしているのを見るのは久しぶり
だった。

声だけで、激怒しているのがわかる。

どう、しよう……私、何かしたのかな……？

思い返しても、お母さんが怒るようなことは……記憶に
ない。

今日も部屋を綺麗にして家を出たし、言われていた買い
出しも済ませた。

お母さんに言われた通りテレビ番組の録画もしたし、ご
飯も夕飯に炊けるようにセットしておいた。

心当たりがなくて、不安は増すばかり。

「聞こえてるんでしょ!!　早く来なさい!!」

再び扉越しに大きな声が聞こえて、ハッとした。

「は、はい」

ひどく震えはじめた手で、ドアノブを握る。

中には、お母さんと……星蘭の姿があった。

まるで仇でも見るような目で私を睨みつけているお母さ
んの姿に、息を飲む。

お母さんが、途轍もなく怒っている時の顔。

一度この顔をしたお母さんに殴られ続け、意識を失った
こともある。

目が覚めたら、全身があざだらけだった。

このあと、どんな仕打ちが待っているんだろう。そう考
えるだけで、足がすくんだ。

「ねえ、どういうことなの……？」

　先に口を開いたのは星蘭で、私はその言葉の意味を汲み取れない。

　どういうことって……？

「あの、なんのことか……」

「白神ルイスのことに決まってるでしょ!!」

　立ち上がってヒステリックな声で叫んだ星蘭は、持っていたクッションを私に投げた。

「あんた、どうやってルイスさんのことをたぶらかしたのよ……!!　あたしが狙ってたのに……」

　星蘭が、ルイスさんのこと……？

　婚約したことを知られたら、何か言われるだろうとは覚悟してた。

　だけど……まさか星蘭が、ルイスさんのことを想っていたなんて知らなかった。

「星蘭のおかげで入学できたのに、星蘭の邪魔をするなんて……どこまでも卑しい子ね!!」

　黙っていたお母さんがついに口を開いて、私のもとへ歩み寄ってくる。

　逃げ、なきゃ……。

　そう思うのに、怖くて足が動かない。

「何ぼうっと見てるのよ……謝りなさいよ!!」

　お母さんが、私の髪を掴んだ。

「……っ!　い、いやっ……ごめんなさい……!」

　強く引っ張られ、痛みが走る。

「ごめんなさい……ごめんなさいっ……!　やめて、くだ

さい……っ」

　痛い……怖いっ……。

「今すぐに、婚約を解消するように頼みなさい‼」

　そう言って、強く私を突き飛ばしたお母さん。

　勢いよく、床に倒れた。

「お母さん、魔族に解消を申し出ることはできない決まり
なの。それをしたら、うちも処罰を受けるわ」

　痛みをこらえる私をよそに、星蘭が説明している。

　星蘭の言う通り……基本的に全ての権限が魔族側にあ
る。学園だけじゃなく、国内でも。

　だから……魔族の方に婚約の解消を申し出ることはタ
ブーとされていて、相手の家族はもちろん親族も処罰の対
象となるらしい。本にも、そう書かれていた。

「あたし、入学前からルイスさんのこと好きだったの
に……」

　え？　入学前から？

　どうして会ったことないはずのルイスさんのことを知っ
ていたのかはわからないけれど、ルイスさんほどの人なら、
その評判は他校にも知れ渡っていたのかもしれない。

「星蘭……ああ、かわいそう……」

　お母さんは星蘭を抱きしめながら、再び私を睨みつけた。

「あなたなんか、産まなきゃよかったわ……！」

　あ……。

　静かな痛みが、私の心臓を刺した。

　この言葉を告げられたのは、初めてではない。

　お母さんは怒ると頻繁に、この言葉を口にする。

　だけど……お願いだから、それだけは……それだけは、言わないでほしい。

　私も……どうして生まれてきたんだろうって、それだけは、思いたくなかったから。

　それを思ってしまったら……自分自身の存在を否定してしまうことになる。

　どうして私が生まれてきたのかなんて、本当は、私が一番知りたい。

　私が、生まれてきた意味は……。

　それを考えた時、ふっと頭の中に、ルイスさんの笑顔が浮かんだ。

　……あ。

　違う……。

　私は、今は……ルイスさんに出会うために、生まれてきたのかもしれないって……思いたい……。

　希望が残っていたことに気づいて、私の世界に光が差した気がした。

「大丈夫だよ、お母さん」

　星蘭が、お母さんに笑顔を向けた。

「向こうから婚約を解消させればいいのよ」

　……星蘭の、言う通り。

　こっちから婚約破棄をする権限がないということはすなわち……私に決定権はないということ。

　魔族の方から婚約破棄を突きつけられたら……拒否する

権利もない。

　だから、ルイスさんに婚約を解消しようと言われたら、私はどうすることもできないんだ。

「……そうね、こんなどうしようもない子、すぐに飽きられるわ。星蘭のような、愛嬌のある可愛い子のほうがいいに決まってるものね」

「ふふっ、そうよね」

　ふたりが、勝ち誇った表情で私を見ている。

「きっとルイス様も、あたしの魅力に気づくわ」

　……怖い。

　お母さんに殴られることよりも、星蘭に噂を流されることよりも……今はルイスさんに嫌われてしまうことが、一番怖かった。

「絶対に奪ってやるんだから……」

　星蘭は、私を見下ろしながら口角を上げた。

「あんたはあたしの引き立て役になるためだけに生まれてきたのよ、覚えておきなさい」

　神様がもしいるのなら、私のお願いを、ひとつだけ聞いてもらいたい。

　どうか……ルイスさんのそばに、いさせてほしい。

　ルイスさんを失うことを考えるだけで、堪えていた涙が溢れた。

不安

　昨日は、あれからリビングを追い出されて、夕食も食べずにずっと部屋にこもっていた。今朝もお母さんや星蘭と顔を合わせないように、いつもよりも早く家を出て学校に向かった。

　傷、薄くなってよかった……。

　いつもはお母さんは見える場所は叩かないけど、昨日は顔を叩かれたから、うっすら腫れていた。

　でも、朝起きたら腫れは引いていたし、やっぱり私は傷が治るのが早いなと再確認する。

　それにしても、何も食べてないからお腹が空いた……。

　教室について、本を開く。

「星蘭ちゃんって、ほんとにいい子だよね」

「優しいし、可愛いし」

「うんうん、星蘭ちゃんが入学してきてくれてよかった」

　後ろの席で、星蘭がクラスメイトたちに囲まれている。

　もうすっかりクラスの人気者になっていて、星蘭のコミュニケーション能力の高さを痛感した。

「……星蘭ちゃんはこんなにいい子なのに、お姉ちゃんは真逆なんでしょ？」

　びくっと、肩が跳ねそうになった。

「こんなに優しい星蘭ちゃんをいじめるなんて、性格悪すぎるよね」

「美人だから、高飛車に育ったんだろ」

「あはは……お姉ちゃんに聞かれたら困るから、この話はやめよう？」

　星蘭が、困ったように笑っている。

「何か言われたら、俺たちに言ってね。星蘭ちゃんのこと守るから」

　彼らが正義のヒーローのような立ち位置なら……私は悪役になるのかな。

「そんな相手が級長の婚約者になって、大丈夫なの……？」

　こそこそと話している声が聞こえて、本の内容が頭に入ってこない。

　普段なら気にしないふりをするけど、級長という単語が聞こえたから。

　やっぱり、私みたいな人間がルイスさんの婚約者になったことに、みんなが異論を唱えているのかもしれない……。

　私自身、今だに選んでもらえたことが夢みたいだから、疑問を抱かれても仕方がない。

　それに、噂のことも。

　ルイスさんの耳に、入ってほしくない……。

　目をぎゅっとつむった時、廊下の向こうが騒がしいことに気づいた。

　そっと視線を移すと、教室にルイスさんが入ってきたのが見えた。

　びっくりして、目を瞬かせる。

「鈴蘭、おはよう」

　もしかして……会いに、きてくれたのかな……。

　わざわざ足を運んでくれたことが嬉しくて、頬が緩みそうになる。

「お、おはようございます……」

　今日も、ルイスさんは眩しいくらい綺麗だった。

「今日から授業が始まるだろう。勉強でわからないことがあればいつでも俺に聞くといい」

　甘い微笑みを向けられて、それだけで嫌なことも全部吹き飛んだ。

「ありがとうございます……」

「それと、今日から昼食は一緒に食べよう」

　え？

「級長室に食事を届けさせるから、お昼休みはふたりで過ごそう」

　食事を届けさせるって……ど、どういうことだろう。

　わからないけど、ルイスさんと過ごせることがただ嬉しくて何度も頷いた。

「ずいぶん嬉しそうだな。可愛い奴だ」

　綺麗な手が伸びてきて、私の頬に重なる。

「頬が赤いぞ。俺以外も見ている場所で、そんな顔をするな」

　そんな顔……みっともない顔ってことかもしれない。

　ルイスさんに見えないように、視線を下げた。

　ちょうど予鈴がなって、ルイスさんが私から手を離す。

「昼休みに迎えに来る。またな」

　そう言い残して、教室から去っていった。

　ルイスさんに触れられた箇所が、熱い。

　可愛いって……そんなことを言われたのは、初めて……。

　私には似つかない言葉だとわかっていても、嬉しかった。

　お昼になったら、またルイスさんに会える……。

　お昼ご飯を誰かと一緒に食べるなんて、小学校の給食以来だ。

　すごく、楽しみ……。

「いいなぁ……」

「あの顔で、級長のこと騙したのかな……？」

「猫かぶって近づいたんじゃない？」

　教室の居心地は決していいとはいえないけど、ルイスさんに会えると思ったら、それだけで頑張れる。

「鈴蘭」

　約束通り、お昼休みになって教室に迎えに来てくれたルイスさん。

　相変わらず、周囲の視線を集めている。

「行くぞ。……ん？　何を持っている？」

「お弁当を……」

「届けさせると言っただろう。俺が用意しているから置いていけ」

　え……。そんなの、いいのかな……。

　こういう時、どうしていいかわからない。

　甘えるのが正解なのかもしれないけど、罪悪感があった。

　私は何もあげられないのに……一方的にもらうのは、申し訳ない気持ちがある。

「ありがとう、ございます」

　そう思ったけど、ここで拒否したらルイスさんの面目を潰すことになるかもしれない。

「ああ。行くぞ」

　満足げに微笑んで、私の肩を抱いたルイスさん。

　ルイスさんのそばにいると、なんだかとても、安心する……。

　私の肩に添えられている手を、頼もしく感じた。

「白神様」

　ドクッと、心臓が大きく脈打つ。

　ルイスさんの名前を呼ぶ声は、星蘭のものだった。

　足を止め、振り返ったルイスさん。表情は険しく、不機嫌そうにしていた。

「……なんだ？　俺に気安く話しかけるとは、失礼なやつだな」

　いつもよりも低い声に、入学式で淡々と話していたルイスさんの姿を思い出した。

「あたし、鈴蘭の妹の、星蘭と言いますっ……！」

　ルイスさんは、星蘭の言葉に表情を緩めた。

「……ああ、鈴蘭の妹なのか。なら、特別に俺に話しかけることを許してやろう」

　星蘭……何を、言うつもりなんだろう……。

　怖い……。

「実は……お姉ちゃんが、ふたりきりだと何を話せばいい
かわからないって言ってて……なので、あたしもランチに
ご一緒してもいいですか？」

　それは、まるで私がふたりきりを嫌がっているような言
い方だった。

　ルイスさんに誤解されたら、どうしよう……。

「……緊張しているのか？」

　怒られるかもしれないと思ったけど、ルイスさんの声色
は優しいままだった。

　心配そうに見つめられ、気遣ってくれる優しさに泣きた
くなる。

「……まあ、いいだろう。お前も来ればいい」

「ありがとうございますっ……！」

　星蘭は、嬉しそうに微笑んだ。

　「わっ……校内にこんな部屋があったんですね……！」

　部屋に入って、はしゃいでいる星蘭。

「すごーい……！」

「級長に与えられた部屋だ。普通、一般生徒は立ち入れない」

「ブラン学級の級長に選ばれるなんて、白神様は凄いで
す……！」

「ふっ、まあな」

　楽しそうに話しているふたりの姿に、不安が募っていく。

　星蘭が何をするか、怖くてたまらなかった。

「失礼いたします」

　部屋に、執事のような装いをした方が入ってきた。

　その人が押しているワゴンには、料理が乗せられている。

「お待たせいたしました」

　テーブルに運ばれた料理は、本の中でしか見たことがないような豪勢な料理だった。

「うわぁっ……美味しそう……！」

　星蘭が目を輝かせていて、私もその料理を前に目を見開いた。

「食堂のメニューだが、我が校の食堂は一流のシェフが在籍している。味は保証できるぞ」

　これが、食堂のメニュー……？

「あたし、ビーフシチューは大大大好きなんです！　やったぁ……！」

　星蘭は食べたことがあるのか、大喜びしていた。

　ビーフシチュー……。私は食べたことがないから、どんな味がするのかわからないけど、とても食欲をそそられるいい匂いがした。

「姉妹なのに、ずいぶん性格が違うな」

　ドキッと、心臓が嫌な音を立てる。

「ええっ……ご、ごめんなさい、嬉しくてはしゃぎすぎちゃいました……」

「別にいい。素直な奴は嫌いじゃない」

　あ……。

　ルイスさんに、面白くない奴だと思われたかもしれない……。

　星蘭は愛嬌があって、反応も愛らしいから……ルイスさんもきっと、星蘭のほうが可愛いって思ったはずだ。

　不安を抱えたまま、食事を始める。

　私がルイスさんの隣に座り、その前にテーブルを挟んで星蘭が座った。

「美味しい～！」

　ほっぺを押さえながら食べている星蘭を見て、私も恐る恐るビーフシチューというものを口に運んだ。

　……お、美味しいっ……。

　口の中に広がる、絶妙なコクと甘み。お肉は驚くほど柔らかく味が染み込んでいて、少し噛んだだけで溶けていった。

　凄い……こんなにも美味しい食べ物が、この世の中に存在するなんてっ……。

　私は食には詳しくないし、食べたことのない料理のほうが多いけど……間違いなく今まで食べたものの中で、一番美味しい。

　感動して、言葉も出なかった。

　すごくすっごく美味しい……！

　今は空腹状態だから、急いで食べたらお腹をこわしちゃうかもしれない。

　せっかく用意してもらったこんなに美味しい料理を残したくないから、少しずつ食べ進める。

「白神様、すっごく美味しいです！」

「口に合ったならよかった」

　隣で、星蘭とルイスさんが楽しそうに話している。

　それを見て、少しだけちくりと胸が痛んだ。

　ルイスさんが、星蘭を好きになったら……どうしよう……。

　今まで、どんな時も、どこへ行っても、愛されるのは星蘭だった。

　だから、ルイスさんが星蘭を好きになっても何も不思議ではない。

　むしろ、私を婚約者に選んでくれたことのほうが不思議だから……ルイスさんの心が星蘭に移ってしまうのは、時間の問題な気がした。

　こんなことを思うのは、性格が悪いけれど……もしそうなったら、悲しい。

　どうすればルイスさんに、ずっと好きでい続けてもらえるんだろう。

「あの……白神様は、なんの魔族なんですか？」

　突然食べる手を止めて、そんな質問をした星蘭。

　なんのと質問するってことは、ルイスさんが魔族だという確信を持っているってことだ。

　そうだろうなとは思っていたから、驚きはない。

　ルイスさんが、眉間にシワを寄せた。

「……種族を聞くのは無礼に値するぞ、知らないのか？」

「あっ……す、すみませんっ……でも、お姉ちゃんが気にしてて、代わりに聞いてくれって……」

　もちろんそんなことは言っていないけど、否定はできな

かった。

　星蘭に逆らってしまえば、あとが怖いから。

　昨日みたいに……お母さんに何度も殴られるのは、もう嫌だ……。

　だけど……ルイスさんに嫌われるのは、もっと嫌……。

「なんだ、気になるなら直接聞けばいいだろう？」

　ルイスさんは怒ってはいないのか、私を見て微笑んだ。

「俺は誇り高き妖精族の末裔だ」

　誇らしげに、そう答えたルイスさん。

　妖精族……。

　その凄さは、本に書かれていたから知っていた。

　魔族の中でも、さらに希少な存在だと言われている。

　元首相も妖精族だったとも書かれていた。

「妖精族っ……！　凄い……！」

「ふっ、ああ。魔族の中でも誇りある種族だ」

　ルイスさんは満足げに微笑みながら、私の頭を撫でた。

「そんな俺が見初めたんだ。お前は運がいい」

　甘い視線に、星蘭がいるとわかっていても心臓がドキドキと音を立てた。

　本当に、その通りだと思う。

　ルイスさんの婚約者になれて……私は今、すごく幸せだから……。

「でも、お姉ちゃんは妖精族って言っても、わからないよね？」

　え……？

「なんだと？」

「だって、お姉ちゃん最近まで魔族の存在も知らなかったんですよ？」

　ルイスさんが、顔をしかめた。

「……本当か？」

　否定できなくて、恐る恐る頷く。

「普段メディアは見ないのか？」

「それもあるんですけど、教養がなくて……」

　私の代わりに星蘭がそう答えて、ルイスさんがため息をついた。

「魔族を知らない人間になんて、初めて会ったぞ」

「……」

　呆れられて、しまった……。

　悲しくて情けなくて、思わず視線を下げる。

「ごめんなさい、お姉ちゃんが無知で……」

「お前が謝る必要はない。わからないことは俺が教えてやるから聞くといい」

　え……。

　私を見つめる瞳にはまだ優しさが残っていて、心の底から安堵した。

「あ、ありがとう、ございます……」

　嫌われたわけじゃなくて、よかった……。

　これからは、ルイスさんに呆れられないように……魔族についてもしっかり勉強しよう。

　魔族に関してだけじゃなく、勉学も頑張って……ルイス

さんにふさわしい人間になりたい。

「そうだ。今日の放課後、時間はあるか？ お前のことを
もっと知りたい。ふたりで過ごそう」

　誘ってもらえたことが嬉しくて、すぐに頷いた。

　放課後も一緒に過ごせるなんて、夢みたい……。

「そういえばお姉ちゃん、先生に呼び出されてるんじゃな
かったっけ？」

「え……」

　なんのこと……？

「早く行ってきなよ」

　星蘭の瞳が、早く行けと訴えているように見えた。

　これは……出ていけってことだ……。

　もちろん、先生から呼び出しを受けてはいない。

　私がいなくなったあと、星蘭はルイスさんに何か言うつ
もりなのかもしれない。

　出ていきたく、ない……。

「でも、まだご飯が……」

「お姉ちゃん、ビーフシチュー嫌いだからって食べるの遅
すぎ……どうせ残すんでしょ？ 片付けておくから、行っ
ておいで」

　なんとかここにいたくて発言したけど、追い打ちをかけ
るようにそう言われてしまった。

「嫌いだったのか？」

「あ……」

　違う……。

　この料理はすごく美味しいし、食べるのが遅いのは、ゆっくり味わいたかったからで……。

　星蘭が、じっと私を睨んでいる。

「ごめん、なさい……」

　結局、そう言うしかなかった。

　ルイスさんのせっかくの好意を、無下にしてしまった……。

　傷つけてしまったかもしれない……。

　悲しくて、涙を堪えるように下唇を噛む。

「そうか……気にしなくていい。用事があるなら済ませて来い」

　少しだけ、ルイスさんの声のトーンが下がった気がした。

「は、はい……失礼します……」

　従うしかない私は、それだけ言って部屋を出た。

　どうすればよかったんだろう……。

　あの家から追い出されたら……居場所がない……。

　まだ未成年で、家を借りることもできなければ、働くこともできない。

　星蘭とお母さんには……絶対に逆らえない。

　どうか星蘭が、ルイスさんに何も言いませんように……。

　私は、神様にそう願うしかなかった。

　少し時間を潰してから、級長室に戻った。

　ノックをして、ゆっくりと扉を開ける。

「お待たせしました……」

「おかえり、お姉ちゃん」

　にっこりと微笑んでいる星蘭は、席を移動してルイスさんの隣に座っている。

「……」

　ルイスさんは……これまでとは違った冷たい目で、私を見ていた。

　嫌な予感が、全身を駆け巡る。

「……もう授業が始まる。教室に戻る」

「今日はご馳走してくださってありがとうございました！とっても美味しかったです……！」

　立ち上がったルイスさんを追いかけるように、星蘭があとをついていった。

「ああ」

　私は動けないまま、ふたりを見つめる。

　バタンとドアが閉まった音がして、ようやく我に返った。

　ルイスさんの様子が、おかしかった……。

　私がいない間に……どんな話を、したんだろう……。

　ひとりで教室に戻ってから、次の授業の支度をする。

　先生が来るまで少し時間がありそうで、私は恐る恐る後ろの席の星蘭を見た。

　もうみんな自分の席についていて、星蘭もひとりでスマートフォンをいじっていたから、意を決して声をかける。

「ねえ、星蘭……さっきルイスさんに何か言った……？」

「……」

「せ、星蘭……？」

　返事がなくてもう一度名前を呼ぶと、突然俯いた星蘭。

「お姉ちゃん、どうしてそんなこと言うの……？」

　え？

　肩を震わせる星蘭の姿に、クラスメイトたちも異変に気付いたのかこっちを見ていた。

「ブスっていうなんて……ひどいよ……」

　そ、そんなこと、ひと言も……。

「うわ……またいじめてるよ……」

「最低……自分が美人だからって、他人のことを蔑むとか……」

「星蘭ちゃん、かわいそう……」

　私に向けられた、悪意に満ちたたくさんの眼差し。

　今すぐこの場から逃げ出したくなって、手が震えた。

　クラスで、声をかけるべきじゃなかった……。

「授業始めるぞー」

　不幸中の幸いか、先生が入ってきて、私は前を向いた。

　背中に突き刺さる視線に気づかないふりをして、なんとか放課後までやり過ごした。

全部あたしのもの

【side 星蘭】

　あたしには、世界で一番嫌いなやつがいる。

　実の姉である、双葉鈴蘭。

　二卵性の双子であるあたしたち。お母さん似のあたしと、お父さん似の姉。

　お父さんは絶世の美男だったらしく、その血が濃かった鈴蘭は、どこに行っても美人と言われる見た目に育ってしまった。

　お母さん似だからあたしが可愛がられていることはわかっているけど、あたしだってできることならお父さん似に生まれたかった。

　鈴蘭のあの顔が……羨ましくて、憎い。

　唯一得をしたことといえば、両親があたしだけを可愛がること。

　お母さんは前のお父さんのことを憎んでいるから、鈴蘭の顔を見たくもないと言っているし、お母さんに惚れ込んでいるお父さんも、鈴蘭のことを嫌っている。

　だから、家はあたしにとって天国だ。

　お母さんは鈴蘭には最低限のものしか与えない。

　日用品も、美容品も、食事も……。

　平均よりもずいぶん痩せているから、多少は魅力も薄まっているはずだけど、それでもあいつはあたしよりも他

人の目を集める。

　スキンケアもまともにしてないのに肌も荒れている様子
はないし、髪は多少痛んでいるけど、そんなの気にならな
いほど容姿が洗練されている。

　あたしより綺麗な鈴蘭が、許せなかった。

　だからこいつが孤立するように仕向けてきた。

　幸い、こいつが逆らわなかったから……今まであたしの
思い通りにことは進んだ。

　高校も、すぐに意地悪な姉と、いじめられているか弱い
妹という関係図を築くことができた。

　だけど、想定外のことが起こった。

　まさか……朝から騒がれていたルイス様の婚約者が、鈴
蘭だったなんて……。

　悔しくてたまらなくて、歯を食いしばった。

　白神ルイス。校内で……いや、国内で知らない人間のほ
うが少ない。

　元首相の孫で、魔族の中でもさらにエリート一家の一人
息子。

　魔族は、希少で高貴な存在だから、その多くは政治家や
実業家が多い。そして、容姿も人間離れしているから、芸
能人やモデルになる人も多い。

　白神ルイスは芸能人とまではいかなくとも、元首相の孫
としてたびたびメディアに取り上げられていた。

　魔族には様々な種族があり、その中でも妖精族は高尚な

存在。

　その上、成績優秀で品行方正、運動神経もずば抜けているらしく、まさにすべてを兼ね備えた男として、芸能人レベルの人気を誇っていた。

　もちろんあたしだって知っているし、聖リシェス学園から推薦がきて、ブラン学級に入るって決まった時から狙ってた。

　あたしだけじゃない、ブランの生徒はみんな彼を狙っているはずだ。

　まあ、内心あたしや他の女たちが本当に狙いたいのは、ノワール学級の級長である"黒闇神夜明"だけど……。黒闇神様は他人に一切の興味を示さない冷酷な人間で、婚約者は作らないって宣言しているから、婚約者になれる可能性がある中で、現状ルイス様がトップの男。

　ルイス様だって婚約者を作ったことがないみたいだから、油断してた……。

　一体どこで、ルイス様と繋がったんだよ……あの女。

　すぐにお母さんに報告して、忠告してもらった。

　鈴蘭はお母さんに特に怯えているから、あたし以上に逆らえない。

　昔……一度だけ、あたしと鈴蘭の関係を見破った奴がいる。

　小学５年の時の、女の担任だ。

　鈴蘭はずいぶんそいつのことを信頼していて、初めて助けを求めたんだと思う。

　そいつは教育委員会に、鈴蘭から聞いた家の状況を訴えた。

　それを知ったお母さんは……発狂して、鈴蘭に問い詰めた。

『あんた……告げ口したわね？』

『え……？』

『虐待されてるとでも言ったの？　あんたなんかを育ててやったあたしたちを、悪者扱いしたのね？』

『違う、おかあさ……』

『お母さんなんてあんたに呼ばれたくないわ!!』

　あの日は、あたしでさえも鈴蘭を哀れんだくらい。

　お母さんに殴られて、全身あざだらけになっていた。

　鈴蘭は何度も悲痛な声で「やめて」と叫んでいたけど、お母さんは止まらなくて、いつの間にか意識を失っていた。

　そのあとも、ちょうど夏休みの期間だったから、休みの間……まともに食事もさせてもらえてなかった。

　こいつそろそろ死ぬんじゃないかって、本気で思ったもん。

　そして、うざい担任は解雇された。

　うちの家は裕福だし、お父さんはPTAの会長で、かつ学校に寄付もしていたから、お父さんとお母さんの訴えはあっさり通ったらしい。

　あとから聞いたけど、解雇されただけじゃなくて、教員免許を剥奪されたらしい。

　あたしはあの女教師が嫌いだったから、清々したしいい

気味だった。

　鈴蘭は……それ以降、絶対に人に助けを求めないように
なったし、よりあたしたちに従順になった。

　あの日発狂したお母さんが、よっぽどトラウマになって
いるんだろう。

　とにかく、鈴蘭はあたしたちに、絶対に逆らえないんだ。

　ルイス様の婚約者になったことは想定外だったけど……
鈴蘭から奪うのはそう難しくはない。

　それに、あいつのものは、あたしのもの。

　今回も……絶対に、鈴蘭からルイス様を奪ってやる。

「そうか……気にしなくていい。用事があるなら済ませ
て来い」
「は、はい……失礼します……」

　昼休みに一緒についてきて、お姉ちゃんを追い出すこと
に成功した。

　あいつはあたしに逆らえないから、ふたりきりになるな
んて余裕。
「ごめんなさい、お姉ちゃんが……」

　上目遣いでルイス様を見つめて、姉想いの妹を演じる。
「お前が謝ることではない」

　お姉ちゃんに惚れ込んでいると思ったけど……案外あた
しの言うことを信じているらしいルイス様。
「ふたりは仲がいいのか？」

　……きた。

　待ってましたと言わんばかりに、あたしは視線を下げた。

「……どうした？」

　肩を震わせて泣いたふりをする。嘘泣きは得意。

　この涙で、今まで何人も騙してきた。

　あたしは演技がうまいから、みんなすぐに騙されてくれる。

　声をかすれさせながらお姉ちゃんにいじめられてるのと言えば、みんながあたしを哀れんだ。

　あの虫も殺せないような女が……あたしをいじめているって、簡単に信じてくれる。

「実は……今日は、白神様とふたりでお話ししたかったんです。……姉の噂は、白神様の耳に入っていませんか？」

「いや、何も知らない」

　そうだろうなと思ったわ。

　まあ、婚約者の悪口なんて、ルイス様の前でやすやすとは言えないでしょうね。

　ブラン学級で、この人は絶対的な権限を持っている。

　みんな少しでも気に入られたくて、この人のご機嫌とりに必死なはずだ。

　でも、あたしはやってやる。

　あたしの演技力なら、この人だって騙せるはずよ。

「姉は……言いにくいのですが、とても気性が荒い人です」

「何？」

「あたしは生まれてから15年間……ずっと姉にいじめられてきました」

　涙を流しながらそう言えば、ルイス様は眉間にシワを寄せた。

「……お前、それは本当なのか？」

　声のトーンがあからさまに下がったのがわかる。

「俺に嘘をつくことは、死罪に値すると思え」

　凄みに一瞬怯みそうになったけど、あたしは演技を続けた。

「もちろん、嘘ではありませんっ……」

　涙を溢れさせて、ルイス様を見つめる。

「あたしは姉よりも、美しくないですから……ブサイクで醜い、恥ずかしい妹だと蔑まれてきたんです」

　別に、多少あいつのほうが顔が整っているのは認めるけど、自分のことをブサイクなんて思ったことはない。

　あいつとは顔の系統が違うだけで、あたしは十分可愛い。

　その上愛嬌もあるから、トータルでいえばあたしのほうが断然上だ。

「……」

　ルイス様は顔をしかめたまま、黙り込んでいる。

「白神様のことも……姉から聞いております」

「……あいつは俺のことをなんと？」

「……」

　ここは素直に言わず、催促されるのを待つ。

　一旦、姉をかばう優しい妹のふりをする。

「正直に言えばいい。気を使う必要はない」

　あまりに思い通りに会話が進んで、内心笑いを堪えるの

に必死だった。

「白神様のことは……いいように利用してやるんだ、って……」

あたしの言葉に、ルイス様の眉間のシワが濃くなった。

「さっきの態度も含め……辻褄は合うか」

あたしの演技力って、やっぱり女優並みだわ。

そう、確信した。

「それに、お姉ちゃんは黒闇神様のファンらしくて……」

最後は……この人の逆鱗に触れる切り札を出した。

黒闇神夜明。

この学園で唯一……ルイス様より優っている人。

校内の誰もが知っている。……鈴蘭以外はきっと。

あいつは男の話題には無頓着だし、最近まで魔族のことも知らなかった奴だから、黒闇神様のことなんて知ってるはずがない。

今まで一強だったブランが……格下げになった元凶だから。

あたしの想像通り、ルイス様は激しい怒りを瞳に宿した。

「……魔族のことは知らなかったくせに、あいつのことは知っていたのか……はっ」

ルイス様が黒闇神様のことを一方的に敵視していることは有名だから、嫌っているとは思っていたけど……ここまでとは思わなかった。

わかりやすいくらい、怒りで表情が歪んでる。

あたしは畳みかけるように、ルイス様を見つめた。

「あたしは……お姉ちゃんには、幸せになってほしいと
思っています。白神様なら幸せにしてくれるって信じて
います……」

　そっと、ルイス様の手に自分の手を重ねる。

「だけど……白神様にも、幸せになってほしい……」

　どっちの幸せも、全く願ってないけど。

「姉と一緒になってしまったら……あなたが不幸になって
しまう気がして……」

　あたしは、あたしが幸せならそれでいい。

　ていうか、あたしだけが幸せで、それ以外の女は全員不
幸になればいい。

　鈴蘭は特に……あいつだけは、不幸にさせなきゃ気が済
まない。

「お伝えするか悩んだんですが……」

　弱った表情をすれば、ルイス様はあたしを見てフッと
笑った。

「……お前は優しい人間だな」

　この人、あたしが求めている言葉ばかりくれるから、気
分がいい。

「あたしなんて、全然です……」

「そんな目に遭わされた人間の幸せを願うなど、普通の人
間にできることではない。……女神の生まれ変わりかもし
れない」

「え？」

　今、なんて言った……？

「……いや、何もない。お前みたいな心優しい人間は好ましい」

　さっき鈴蘭に向けていた柔らかい笑みを浮かべたルイス様。

　テレビやSNSでルイス様の顔は何度も見たけど……改めて、実物は格別だと思う。

　作り物かと思うくらい、綺麗な顔。

　やっぱり……極上の男だ。……あたしにふさわしい。

「憧れの白神様にそんなふうに言われたら……嬉しいです」

　照れたふりをすれば、ルイス様もまんざらでもなさそうにしている。

「お前たち姉妹は似ていないが、双子か？」

「はい。二卵性の双子です。美人な姉と違って、あたしは大して可愛くもなくて……」

「そんなことはない。お前は愛嬌もあるし、すぐにいい婚約者が見つかる」

「あたしは、ルイス様が一番素敵な人だと思いますけど」

　わざとらしくならないように、ハッとした顔をした。

「あっ……ごめんなさい、気安く名前で呼んで……」

「別にいい。お前ならな」

　この人……案外簡単に落とせそう。

　ふふっ……今に見てなさい鈴蘭。

　あんたは所詮……あたしの引き立て役でしかないんだって、改めて思い知らせてやるわ。

　3回、ノックの音が室内に響いた。

「お待たせしました……」

　時間を潰してきたのか、ちょうどいいタイミングで戻ってきた鈴蘭。

「おかえり、お姉ちゃん」

「……」

　ルイス様は、冷たい目でお姉ちゃんを見ていた。

　これで、あたしの計画は完璧。

　あとは……鈴蘭をルイス様と、ふたりきりにしなければいい。

　万が一、ルイス様があたしから聞いたことを鈴蘭に言って、告げ口されたら全てが終わる。

　多分この人は、婚約者にするほど鈴蘭を気に入っていたようだし、鈴蘭とあたしの発言だったら、今はまだ鈴蘭のことを信じるだろう。

　鈴蘭もトラウマもあるし、余計なことは言わないと思うけど……万が一がある。

　ただ、鈴蘭はスマホを持ってないし、連絡手段がない。だから……ふたりきりにさえさせなければ、ルイス様を騙し通すことができる。

　そして……鈴蘭に幻滅させて、あたしに惚れさせればいい。

「……もう授業が始まる。教室に戻る」

「今日はご馳走してくださってありがとうございました！とっても美味しかったです……！」

「ああ」

鈴蘭を置いて、ルイス様とふたりで級長室を出た。
フフッ……ごめんね、おねーちゃん。
あたしが婚約者になる日は、案外早そうだわ。

婚約破棄

　ルイスさん……放課後ふたりで過ごそうって言ってくれたけど……。

　あの約束はまだ、有効なのかな……。

　結局、私がいなくなったあとの級長室で、ふたりがどんな会話をしたのかはわからないままだった。

　HRが終わって、廊下のほうを見る。

　あっ……ルイスさん……。

　来てくれないかもしれないと思ったから、教室に入ってきたルイスさんの姿にほっとした。……それも、つかの間だった。

　無表情のまま、私の前で立ち止まったルイスさん。

「用事ができた。出かけるのは今度だ」

　これまでの優しいトーンではない、冷たい声色。

　ルイスさんは再び歩き出したと思ったら、今度は星蘭の前で立ち止まった。

「星蘭、話がある。来い」

「はいっ……！」

　え……？

　嬉しそうに立ち上がった星蘭。

「バイバイ、お姉ちゃんっ」

　私に笑顔を向けて、星蘭はルイスさんのあとをついていった。

　教室を出ていくふたりを……私は見送ることしかできなかった。

　ひとりきりで、家までの道を歩く。
　ふたりで……どこに行ったんだろう……。
　星蘭は……ルイス様に、何を言ったんだろう……。
　ルイスさんはもう……私のこと、嫌いになってしまったかな……。
　そう思うだけで、悲しくて苦しくて、涙がこぼれた。
　足取りも重くて、ついに立ち止まってしまう。
　ポタポタと溢れる涙が、コンクリートの地面にシミを作った。
　……好き。
　ルイスさんのことが……。
　まだ出会ったばかりだけど、ルイスさんはもう私の世界の全部になってしまった。
　誰かに、あんなに優しくしてもらったのは初めてだった。好きだと言ってもらえたのも、可愛いと言ってもらえたのも……全部全部初めて。
　優しくされただけで好きになるのかと思われるかもしれないけど、それでも、私にとっては十分すぎる理由だった。
　せめてこの気持ちだけでも、伝えたかった。
　だけどきっと、もう遅い。
　ルイスさんは星蘭を好きになって……私は捨てられてしまう。

　何もない私は……愛してもらえない。

　その日は声を押し殺して泣きながら、家までの道を歩いた。

　そして、恐れていた時は思っていた以上に早く訪れた。

「鈴蘭、お前との婚約を破棄する」

　あの日から、1週間が経った。

　お昼休みに、ルイスさんが教室に来たと思ったら……みんなの前でそう告げられた。

　あれからルイスさんは私とは話さないようにしていたし、お昼休みも放課後も星蘭を迎えに来て一緒に消えていたから……そろそろ婚約を解消されるんじゃないかと覚悟していた。

　その度に、どうかもう一度ルイスさんが私を好きになってくれますようにと願っていたけど……私の願いは届かなかった。

　……ううん、そんなふうに思ったらダメだよね。

　結局、神様頼みで、何も行動できなかった私が悪いんだ。

　こうなってしまったのは……全部私のせい。

「異論があるなら言ってみろ」

　冷たい眼差しで、私を見下ろすルイスさん。

「……ありません」

　涙をぐっと堪えてから、毅然とした態度で答えた。

　ここで泣けば、星蘭に怒られてしまう。

　星蘭を怒らせたら、お母さんにも……。

　想像しただけで恐ろしくて、再び涙を堪えた。

　私を見て、眉をひそめたルイスさん。

「そうだろうな。お前はもとより、俺に不満があったそう
だからな」

　不満……？

　星蘭が、何か言ったのかも知れない……。

　だけど、違う。

　ルイスさんに、不満なんてなかった。それだけは、どう
しても伝えたい。

「お前がこんな女だと知っていたら……端から婚約など申
し込まなかった」

　私はあなたのことが、本当に、心の底から……。

「俺たちの婚約破棄は成立だ」

　……大好き、だった……。

　まぎれもなく初恋だった。

　婚約破棄については、もちろん受け入れるけれど、誤解
だけは解きたい。

　短い間だけど、私によくしてくれたルイスさんには、感
謝の気持ちでいっぱいだったから。

　いつかそれだけは、伝えたかった。

　一度でも私を好きになってくれて、ありがとうございま
したって……。

「本題に入る」

　ルイスさんの言葉に、しん……と静まり返る教室内。

「たった今、俺と星蘭は正式に婚約者になったことを宣言

する」

　やっぱり、星蘭と……。

　……仕方ない。

　そういう、運命だったんだ。

　教室には歓喜の声と、拍手が溢れた。

　星蘭は立ち上がって、ルイスさんの元へ歩み寄る。

　ルイスさんは跪いて、星蘭の手を握った。

　あの日を思い出して、胸が張り裂けそうになった。

「星蘭ちゃん、幸せそう……！」

「姉の鈴蘭さんから嫌がらせされてたみたいだし……級長みたいな守ってくれる人ができてよかったな」

「おめでとう星蘭ちゃん！」

　子供の頃、一番好きな小説はシンデレラだった。

　いつかかぼちゃの馬車が現れて、王子様のもとへ連れていってくれる……なんて素敵な物語なんだろうと思った。

　だけど、私はいつだって意地悪な義姉の立ち位置から抜け出せない。

　やっぱり、シンデレラにはなれないんだ……。

　ルイスさんは今日、正式に星蘭の王子様になったんだ。

　ルイスさんと星蘭が婚約関係になってから、1週間が経った。

　ふたりはブラン学級公認のカップルとして、みんなから祝福されている。

　いつもお昼休みと放課後はルイスさんが星蘭を迎えに来

て、ふたりで教室を出ていくのが恒例になっていた。

　今日も……４限目の授業が終わって、ルイスさんが教室に入ってきた。

　ルイスさんはいつも、一瞬だけ私を見てから、隣を通り過ぎていく。

　その時の視線は……ただただ冷たいもので、その瞳で見られるたびに心が痛んだ。

「星蘭、行こう」

「はいっ、ルイス様！」

　ふたりの背中が、眩しい。

　ルイスさんに肩を抱かれている星蘭が、凄く羨ましく見えた。

　……妹の幸せを素直に喜べないなんて、私は性格が悪い。

　こんな人間だから……ルイスさんにも愛想を尽かされてしまった。

「ふたりとも、ほんとにお似合いだよね」

「星蘭ちゃんはいい子だから、幸せになってほしいよな」

「姉のほうは……ざまあみろって感じ」

　クラスメイトたちの会話が耳に入る。

「今も家で嫌がらせされてるらしいぜ」

「級長と婚約してから、ますますエスカレートしたんだって……」

「自業自得なのに、級長を奪われたって逆恨みしてるらしい」

　私はお弁当を持って、教室を出た。

前以上に、教室に居辛くなってしまった。

あの空間にいるのは、とても息苦しくて……いつも逃げだしたい気持ちでいっぱいだった。

裏庭のベンチに座り、息をつく。

休み時間のたびに、逃げるようにこの裏庭に避難している。ここはいつきても誰もいなくて静かで、私にとっての秘密基地。

早くお弁当を食べて、本を読もう。

お弁当箱を開こうとした時、上の階の廊下に人の姿が見えた。

あ……。

星蘭と、ルイスさん……。

楽しそうに話しながら、廊下を歩いている。

ふたりが幸せなら……それでいい。本当にそう思っているけど、それでも涙が溢れた。

ルイスさんはきっと、私のことを恨んでる。

いつも私を見るあの目が……お母さんのものと重なるから。

ただ婚約の解消が悲しかったというより、ルイスさんにあの目で見られるのが苦しい。

ルイスさんの優しい微笑みを知っていたから、なおさら辛かった。

最後に話がしたかったと、未練がましく思ってしまう自分が嫌だ。

私は……臆病者の、意気地なし……。

「おい、なんでノワールの使い魔がうちのブランの棟（とう）にいるんだよ……！」

　大きな声が聞こえて、ぴたりと涙が止まった。

　え……？

「ピッ！　ピイッ……!!」

　鳥の、鳴き声……？

　お弁当をベンチに置いて、声が聞こえたほうを覗き込む。

　すると、そこにはブランの生徒数人が、鳥を囲んでいる姿があった。

　色は真っ黒だけど、形は鳩（はと）のような丸くて可愛いその鳥さん。

　あろうことか、その生徒たちは、鳥さんに水をかけた。

　驚いて、息を飲む。

「スパイかなんかか？　にしても、ずいぶん弱そうな使い魔だな」

　使い魔……？

「大した主人じゃなさそうだろ、このまま処分してやるか？」

　さっきから、使い魔とか主人とかよくわからないけど、処分だなんて……。

　あんなか弱い生き物を相手に、ひどい……！

　あまりに残虐（ざんぎゃく）な彼らに、怖くて手が震える。

「その羽、もぎ取ってやるよ！」

「ピギィッ……！」

　羽を掴まれて、鳥さんが悲痛な声を上げた。

　ど、どうしようっ……助けてあげたいけど、私が言った
ところで、やめてくれないかもしれない……。

　そうだ……！

「せ、先生……！！」

　こんなに大きな声を出したのは初めてと思うくらい、喉
の奥から声を絞り出して叫んだ。

「おい、逃げるぞ……！」

　彼らにもちゃんと聞こえたのか、一目散に逃げだして
行った。

　よかった……！

　私は急いで、ぐったりと倒れている鳥さんに駆け寄る。

「大丈夫……!?」

　羽も、全身水で濡れてしまってる……。

　掴まれた部分の羽が少し落ちてしまっていて、見ていら
れなかった。

「ひどい怪我……」

　うっすら血も滲んでる……。

　早く手当てをしなきゃ……！

　保健室に連れていけば、きっと診てもらえるだろう。

『だ、大丈夫です！　ご主人に治してもらうので！』

　鳥さんを抱えて歩きだそうとした時、突然高い声が聞こ
えた。

　今の……だ、誰の声？

『助けてくださってありがとうございました！』

「え？　しゃ、しゃべったっ……!?」

　確かに、じっとこっちを見ている鳥さん。だけど、口は動いていなくて、もうわけがわからない。

『あなたの心に話しかけてるだけです！』

「えっ……!?」

　心に……？　そ、そんなことができるのっ……!?

『使い魔をご存知ない？』

　そういえば、さっきの彼らも使い魔がどうと話していた。

「は、はい……！」

『そうだったのですね！　使い魔はですね……』

「なんか叫び声聞こえなかった？」

　鳥さんが説明をしようとしてくれた時、誰かの声がした。

　私がさっき叫んだから、人が集まって来たのかもしれない。

　鳥さんはブランの生徒にいじめられていたから……生徒に見つかるのは避けたい。

「は、早く逃げたほうがいいです……！」

『そうみたいですね！　あの、ノワール学級はどちらですか！』

「ノワール学級？」

『僕のご主人はノワール学級なんです！』

　さっき、ノワールがどうと言っていたのはそういうことだったんだ……。

　ノワールの人の使い魔だからって、こんなひどいことをするなんて……。

　ブランとノワールには、何か因縁があるのかもしれない。

『可愛い子を見つけて追いかけている途中、迷子になって
しまって……！』

　理由はともかく、早くこの鳥さんを逃がさないと。

「そのご主人さんのところに行けば、あなたの傷は治るん
ですか？」

『はい……！　僕のご主人は天才ですので！』

「わかりました……！　ノワール学級はこっちです……！」

　まだ飛べる元気は残っているのか、ゆっくりと羽ばたい
た鳥さん。

　私は鳥さんのペースに合わせて、ノワール学級の方向へ
と急ぐ。

　飛んではいるけど……辛そう。羽もまだ濡れていて重た
そうだし、痛みをこらえているようにも見えた。

　さっきみたいに、他のブランの生徒に見つかったら危険
かもしれないし……。

「私が案内しますね」

　私はポケットから、ハンカチを出した。

『恩にきます……！！』

　鳥さんをそっとハンカチに包んだ。

　体が冷えているだろうから、少しでも暖かくなればいい
なと思ったのと、他の生徒から隠すため。

　あまり揺らさないようにして、ノワール学級の方向へと
急いだ。

「もうすぐですからね」

『あなたは、優しい方ですね』

「え？」

　鳥さんのほうを見ると、ハンカチの隙間からつぶらな瞳と目が合う。

『ブランであなたみたいな人、初めて見ました！　ブランだけじゃないです！』

　優しい……。そんなふうに、言われたことはなかった。

　私はいつだって悪女と言われてきたから。

「ありがとうございます」

　言われ慣れていなくて嬉しいという気持ちと同時に、切なさがこみ上げる。

　私は優しくなんてない。妹の幸せを素直に喜べない、噂通りの嫌なお姉ちゃんだから。

『……』

「着きました……！　この門を越えればノワール学級です！」

　ようやくブランとノワールを隔てる場所に着いて、そっとハンカチを取る。

『ありがとうございます……！　助かりました……！』

「いいえ、早くご主人さんに会って、怪我を治してもらってくださいね」

『はい！　ありがとうございます、心優しいべっぴんさん！』

　べ、べっぴんさん……？

　ふふっ、お世辞を言える元気は残っているみたいで、よかった……。

ゆっくりと、羽ばたいていった鳥さん。
私は鳥さんを見て、手を握り合わせた。
どうか無事で……早く元気になれますように……。

運命は動き出す

【side ？】

　使い魔。文字通り、使役することのできる魔物のこと。

　絶対的主従関係にあり、使い魔は主人に忠誠を誓い、その能力を行使する。

　……はずだが、俺の使い魔のラフは俺の役に立つ以上に、俺の手を煩わせている。

　今も、通りすがりの雌の鳥を追いかけて、どこかへ消えて行った。

　あの方向はブランの学級だ。

　あいつはよくブランで迷子になっては、その度に、傷を負って帰ってくる。

　今回もどうせ、ブランの奴らに見つかって散々な目に遭わされるに違いない。

　生きて帰ってくればなんでもいいが、万が一、勝手に力つきることのないように目をつむって使い魔の視界を共有した。

　俺はラフを通して、ラフの視界を見ることができる。

　案の定、今はブランにいるのか、白を基調とした建物の内装が映った。

　方向音痴なあいつがノワールに帰ってくるには、ずいぶん時間がかかりそうだとため息を吐いた。

『うわっ……！　何よこの鳥……！』

　ラフが迷い込んだ部屋に、ひとりの女の姿が。

『汚いわね……触らないで‼』

　ラフは助けを求めてその女に近づいたのか、叩かれて床に倒れた。

『ピエッ……！』

　ブランの人間は信用するなと、何度言えばわかるんだこいつは……。

『星蘭、どうした？』

　男が入ってきた途端、女の態度が豹変する。

『ルイス様……！　鳥がまぎれ込んできたんですっ……！』

　まるで怯えるか弱い女を演じるように、そいつが男に抱きついた。

　さっきまでのラフに対する態度からは想像もできない豹変ぶりだ。

　俺はこういう女が一番嫌いだ。

　入ってきたのはこの女の恋人なのか……こいつも女を見る目がない。

　よく見ると、この男には見覚えがあった。

　確か……白神ルイスか。ブランの級長で、前の首相の孫。いつも俺に無駄に突っかかってくる、態度だけでかい男だ。

　こいつ如きどうとでもできるが、ラフは違う。使い魔には戦闘能力に長けているものが多いが、こいつは身体的能力はないに等しいため、白神に見つかれば悲惨な目にあわされるかもしれない。

　ラフもこいつが白神だと気づいたのか、急いで教室から

逃げだした。

　幸い、白神に見られなかったらしい。

　迎えを出すべきか……。

　悩んだ時、ラフが裏庭のような場所に着地した。

　あたりを見渡して、ノワールへの帰路を探している。

　そっちだ……ああ違う、そっちは寮の方向だ……くそ、いい加減道を覚えろ。

　俺たちは視界と聴覚は共有できるが、直接話しかけることができないため焦れったい。

『おい、なんでノワールの使い魔がうちのブランの棟にいるんだよ……！』

　そうこうしているうちに、他のブランの生徒に見つかってしまった。

　一応使い魔にも学級別カラーである紋章が尾についているから、どちらの学級の使い魔かはすぐにわかる。

　ラフは逃げようとしたが、ひと足遅く捕まってしまう。

『誰の使い魔だ……ちっ、気安くブランに入ってくるな！ノワール風情が！』

『ピッ！　ピイッ……!!』

　ブランの低級魔族が……一体そいつを誰の使い魔だと思っている。

　苛立ちが募り、舌を鳴らした。

『スパイかなんかか？　にしても、ずいぶん弱そうな使い魔だな』

　使い魔であるラフは、見た目はただの鳥。そのため、軽

視されることがある。

　実際、使い魔の能力は種族、見た目に比例することが多い。獰猛な使い魔を操るものもいれば、絶滅危惧種と言われている精霊やドラゴンのような高尚な使い魔を操るものもいるからだ。

　人間と同じで、使い魔も見た目で能力を判断されることがほとんどだった。

　だが、ラフは能力だけで言えば、最優秀クラスと言っていい。

　視界を共有する能力。俺は今のようにラフを通して、ラフの視界を見ることができるだけではなく、他人の記憶を写し取ることもでき、それを俺に共有することも可能だった。

　自由に飛び回り、時には狭い場所に身を隠すこともできるラフはスパイとしても適任だ。

　生まれた時から次期当主として育てられ、周りに敵だらけだった俺は……誰が味方なのか、誰が真実を言っているのかわからず人間不信に陥った。

　そんな時にラフを見つけて、使い魔として契約を交わし、それからはラフの能力で、嘘を暴いて生きてきた。

　どんな嘘でも暴くことができるラフの能力は、俺にとって最も魅力的だった。

　おかげでこの世は嘘だらけだということもわかったが、繊細な心なんてどこかに置いてきた今となってはどうだっていい。

　真実さえ知ることができれば。

『大した主人じゃなさそうだろ、このまま処分してやる
か？』

　処分されるのはお前らのほうだと、鼻で笑った。

『その羽、もぎ取ってやるよ！』

　ラフのいる場所へ移動するため、目をつむったまま立ち
上がる。

　テレポートは力の消耗が激しいため滅多に使わないが、
ラフに死なれるのは困る。

　大げさかも知れないが、ブランの人間は何をするかわか
らない。

『せ、先生……！！』

　テレポートのために神経を研ぎ澄ませた時、女の声が聞
こえた。

　ん……？

『おい、逃げるぞ……！』

　一斉に、ラフをいじめていた生徒たちが去っていく。

　俺は一旦、能力の発動を中断した。

『大丈夫っ……!?』

　焦った表情の女が、こっちへ近づいてくる。

　さっきの声は、こいつの声……演技か？

　まさか……ラフを助けようとしたのか？

　この学園に、そんな人間がいるはずない。

　ましてやブラン。一方的にノワールを目の敵にしている
やつらが、一目でノワールの使い魔だとわかるラフを助け

るなんてありえない。

『ひどい怪我……』

　ありえない、はずだ……。

　女は、心配そうにこっちを見ている。

　ラフと視界を共有しているため、自分が見つめられている感覚に陥った。

　まっすぐに見つめてくる女に、静かに息を飲む。

　なんだ、この女は……。

　ひと言で言えば、ただ美しい。見た目だけではなく、こいつの目は透き通っているように見えた。

　瞳は嘘をつかないから、嘘をつけばつくほど濁っていく。それが、この女の瞳には一点の曇りもない。

『今手当を……』

『だ、大丈夫です！　ご主人に治してもらうので！』

『え？　しゃ、しゃべったっ……!?』

　異様なほど驚いている女。

『あなたの心に話しかけてるだけです！』

『えっ……!?』

『使い魔をご存じない？』

『は、はい……！』

　なんだと？　そんな奴がいるのか？

　まあ、人間なら仕方ない……いや、それでもさすがに使い魔の存在くらいは知っているだろう。

　変なやつだ……。

　そう思うのに、目が離せない。

『そうだったのですね！　使い魔は……』

　ラフが説明しようとした時、別の場所から声がした。

『は、早く逃げたほうがいいです……！』

　女は自分のことのように焦って、ラフを隠すように近づいてきた。

『そうみたいですね！　あの、ノワール学級はどちらですか！』

『ノワール学級？』

『僕のご主人はノワール学級なんです！』

『そのご主人さんのところに行けば、あなたの傷は治るんですか？』

『はい……！　僕のご主人は天才ですので！』

『わかりました……！　ノワール学級はこっちです……！』

　わざわざ案内するつもりなのか、女はノワールの方向へ歩きだした。

　……まさか、こんな人間がいたとは……。

　ブランだからと、ひと括りにしたことを素直に反省した。

　嘘に敏感だからこそ、こいつが純粋にラフを心配してくれていることがわかる。

『案内するので、私の肩に乗ってください』

　女はラフに、そっとハンカチをかけた。

　多分ラフも、ここまで丁寧に扱ってもらえるとは思っていなかっただろう。

　俺も……わざわざブランに行く手間が省けた。

　だが、やはり今からでも行くべきか。

　この女に……直接会ってみたい。

　異様なほど、この女に興味が湧いた。

　こんなにも知りたいと思ったのも……何かを綺麗だと思ったのも、初めてだったからか。

『もうすぐですからね』

『あなたは、優しい方ですね』

『え?』

『ブランであなたみたいな人、初めて見ました! ブランだけじゃないです!』

　ラフの言葉に、困ったように笑った女。

『ありがとうございます』

　その笑顔が……ずいぶん悲しそうに見えた。

　感じたことのない、胸の痛みに襲われる。

　どうしてこんな顔をするんだ、この女は。

　泣きそうな顔をする女にも、そしてそれを見て苦しんでいる自分自身にも戸惑う。

『着きました……! この門を越えればノワール学級です!』

『ありがとうございます……! 助かりました……!』

『いいえ、早くご主人さんに会って、怪我を治してもらってくださいね』

『はい! ありがとうございます、心優しいべっぴんさん!』

　最後に見えた、女の笑顔。

　その笑顔に、俺の心臓に強い衝撃が走る。

「夜明、ラフは見つかりましたか？」

　後ろから声が聞こえて、我に返った。

　目を開けて、自分自身の視界に戻す。

「ああ、もう帰ってくるだろう」

「そうですか、よかった。また怪我をしていなければいい
ですね」

　そう言って胡散臭い顔で笑っているのは、一応、俺の従
者である竜牙。

　竜族の末裔で、優秀ではあるが何を考えているのかわか
らない男。

　一応味方だと言い切れる奴ではあり、信用はしている。

『ご主人……！』

　……戻って来たか。

　傷を負ったラフが、窓から入って来た。

『か、回復を……』

　滑り込むようにソファに着地し、ぐったりと倒れている
姿を見るに、限界だったんだろう。

　こいつは人でも鳥でも女の前ではかっこうをつけるクセ
があるから、あの女の前で強がっていたに違いない。

「お前は何度迷えば気が済む」

　文句を言いながら、回復させるために神経を集中させる。

　まあ……今日だけは感謝してやらないこともない。

「ラフ、また怪我をして……ブランに行っていたんです
か？」

『迷ったんですよ竜牙さん！　でも、おかげでべっぴんさ

んに会えました……！」

「はは……それはよかったですね」

　回復が終わり、完全に怪我が完治したラフ。

『さすがご主人！　全回復です！　ありがとうございます！』

「おい、さっきのあいつは誰だ？　名前は？」

『ん？　べっぴんさんのことですか!?』

　視界共有だけでは、名前まではわからなかった。

『名前……！　聞き忘れました……!!』

　ラフもそこまでは見ていなかったのか、情報が得られなかったことに内心肩を落とす。

「……どうしたんですか？　あいつって……夜明が誰かに興味を持つなんて、珍しいですね」

　いかなる時も澄ました態度を崩さない竜牙が、珍しく取り乱している。

　幼い頃から俺のことを知っているこいつだからこそ、俺が他人の名前を知ろうとしたことに対して驚きを隠せないらしい。

　俺自身、驚いている。

　今まで人にも、物に対しても……興味を持ったことはない。それなのに、今はあの女の笑顔が、頭から離れない。

「べっぴんさんって言ってました……女子生徒ですか？」

「……」

「まさか……ついに、気になる人間が？」

　気になる……のか、これは。

わからないが、とにかく今すぐあいつに会いたい。

答えなかった俺を見て、竜牙が目を輝かせた。

「夜明は人間不信で一生結婚しないだろうと諦めていた者たちが喜びますよ……！」

「……うるさい。話が飛びすぎだ」

「婚約するくらいなら死ぬと言っていた夜明が異性に興味を持つ時点で、大事件ですから！」

俺としては、こいつがこんなにはしゃいでいる姿のほうが珍しい。

「で？　その生徒の特徴は？」

「ブランってことしかわからない」

「え？　……ブランの生徒なんですか？」

さっきまで浮かれていた竜牙は、俺のひと言で冷静になったのか、いつものテンションに戻った。

「困りましたね……気軽に会えないじゃないですか」

竜牙の言う通り、ブランの生徒に気軽に会うことはできない。

もともと、魔族は昼行性の種族がブラン、夜行性の種族がノワールと分けられている。一方で、人間の判断基準は曖昧で、バランスを見てそれぞれの学級に割り振られる。

基本的に、割り振られた学級ごとで関わり、婚約者を見つける手筈になっている。

そのため……ブランとノワールは気軽に行き来できるものではなく、別の高校同士と言っても過言ではないほど関わりが薄い。

　そして、やっかいなことはまだある。竜牙が言っていた通り、俺は特にブランには行きにくい立場にいるからだ。

「明日、同じ時間にあの場所に行けば会えるだろ」

『ええ……！　ブランに行くのですか!?』

「ダメに決まってるでしょう。ノワールの級長がブランに行けば大騒ぎになります」

　別に立ち入り禁止というわけではないんだ、俺がどこへ行こうが俺の勝手だ。

　級長という仰々しい肩書も、俺が欲しいと言ったわけではない。知らぬ間に押し付けられていただけだ。

「指図するな。俺はあの女に会いたいんだ」

　誰が止めようと、俺はブランに……あいつに会いに行く。

「まさかあの夜明が、女に会いたいなんて言う日が来るなんて……！」

　さっき以上に驚いている竜牙。

『なんと……！　ご主人がそんなことを言う日が来るなんて……！』

　ラフも同じ発言もしていて、二人揃って鬱陶しいことこの上ない。

『母上様に御報告を……！』

「やめろ。他のやつに余計なことを言えば丸焼きにするぞ」

『ご慈悲を……!!』

　あいつらに言えば、総会でも開きそうな勢いだ。

　とにかく……明日だな。あんな時間に裏庭にいたということは、昼食でもとっていたんだろう。

　同じ時間に行けば、会える確率が高い。

　さすがにブランの棟に行って堂々と探すほどバカではない。自分の身分はわきまえている。

「変装でもすればいけるだろ」

「変装……そうですね、関係者や教員を装えばまだ……」

　竜牙も納得したのか、頷いている。

「ただし、絶対にバレないように。ノワールの級長が用もなくブランに行くなんて、言語道断ですから。それに、夜明は……」

「わかっている。何度も同じことを言うな」

「はぁ……まったく、本当にわかってるんですか？」

　言葉を遮ってやれば、不満そうにため息をつかれた。

「いい加減……自分が現首相の一人息子であり、"黒闇神"家の次期当主という自覚を持ってくださいよ」

　同じことを言うなと言ったのに、こいつは俺の言葉が聞こえていないのか？

　普段ならその小言を煩わしく思うが、今はそんなこともどうでもよくなるくらいには気分がいい。

　とにかくあの女のことで、俺の頭の中は埋め尽くされていた。

姉と妹

【side ルイス】

　入学式で疲れ、ひと息つくため非常階段に行った。

　先客の女がいて、そいつが振り返った時……そいつの姿を見て、天使が舞い降りたのかと本気で思った。

　一目惚れだった。

　他に……説明のしようがないほど。

「俺と、婚約してくれ」

　今すぐに俺のものにしたいと思った。

　バカバカしいと思っていた婚約制度も……この時のために用意されていたのかと、あれだけあざ笑っていた「運命」という言葉を信じたんだ。

　こんな──女のために。

　鈴蘭がとんでもない女だと知ったのは、婚約を結んだ翌々日だった。

「そうか……気にしなくていい。用事があるなら済ませて来い」

　昼食を取っている最中、鈴蘭は教師に呼び出されていたらしく、席を立った。

「は、はい……失礼します……」

　鈴蘭がいなくなり、息を吐く。

　終始浮かない顔をしていたな……。

　料理もずいぶん食べるのが遅いと思っていたら、嫌い
だったのか……。

　あいつの好き嫌いを把握しておかなければ。

　いや、克服させるべきか……？

　俺の婚約者になるんだ。社交の場に連れて行くこともあ
るだろうから、今のうちに苦手なものはなくしておいたほ
うがいい。

「ごめんなさい、お姉ちゃんが……」

　妹として謝っているつもりなのか、上目遣いで見つめて
くる星蘭。

　こいつのこの表情……媚びてくる女たちと重なって、少
し不快だ。

「お前が謝ることではない」

　鈴蘭の妹だから同席させたが、できれば関わりたくない。

　昔から、女は嫌いだったから。

　俺の祖父は元首相で、俺は幼い頃からメディアにさらさ
れてきた。

　家柄目当ての女が腐るほど寄ってきたため、女という生
き物は信用できない。

　星蘭にも、俺に寄ってきた女と同じものを感じる。

　ただ……鈴蘭にはそういう欲を、少しも感じなかった。

　どうしてかはわからないが……あいつの醸し出す空気は
心地よく、澄んでいるように思う。

　それにしても……姉妹でここまで違うものか？

　二卵性とはいえ、双子なはず。

　ふたりの醸し出す空気は、何もかもが違う。まさに正反対と言ってもいい。

「ふたりは仲がいいのか？」

　妹に同行を頼むくらいだ……鈴蘭は星蘭のことを信頼しているんだろう。

　俺は女姉妹の距離感はわからないが……。

　興味本位で聞いた言葉に、なぜか視線を下げた星蘭。

「……どうした？」

　泣いているのか……？

「実は……今日は、白神様とふたりでお話ししたかったんです。……姉の噂は、白神様の耳に入っていませんか？」

　噂？

「いや、何も知らない」

「姉は……言いにくいのですが、とても気性が荒い人です」

「何？」

「あたしは生まれてから15年間……ずっと姉にいじめられてきました」

　なんだと……？

　鈴蘭が、妹を……？

「……お前、それは本当なのか？」

　正直、こいつの言葉が信用できない。

　俺には鈴蘭が、そんなことをする女に見えなかった。

「俺に嘘をつくことは、死罪に値すると思え」

　その言葉に、一瞬だけ星蘭がたじろいだ気がした。だが、本当に気のせいだと思うほど一瞬のことで、星蘭はすぐに

首を横に振った。

「もちろん、嘘ではありませんっ……あたしは姉よりも、美しくないですから……ブサイクで醜い、恥ずかしい妹だと蔑まれてきたんです」

「……」

　確かに……動機としては頷ける。

　星蘭は器量は悪くないが、鈴蘭に並べば、どんな女も劣ってしまう。

　鈴蘭のほうが見目が整っているのは、誰が見ても一目瞭然。

　だが……やはりこいつの言葉は、信じるに足らない。

「白神様のことも……姉から聞いております」

　俺のことを？

「……あいつは俺のことをなんと？」

「……」

　言うのをためらうような素振りを見せた星蘭。

「正直に言えばいい。気を使う必要はない」

　そう促せば、ゆっくりと口を割った。

「白神様のことは……いいように利用してやる、って……」

　鈴蘭が……。

　あいつは……そんな女だったのか……？

　言われてみれば今日も星蘭を呼んで、俺とふたりきりを避けているようだった上に、あまり自分のことを話そうともしない。

　あいつは俺との婚約を喜んでいるようには見えなかっ

た。

「さっきの態度も含め……辻褄は合うか」

　俺は利用するには打って付けの人間だろう。だから、渋々この婚約を受け入れたのか……？

「それに、お姉ちゃんは黒闇神様のファンらしくて……」

　星蘭のその言葉は、俺を逆上させるには十分だった。

　鈴蘭が、あいつのファン……？

「……魔族のことは知らなかったくせに、あいつのことは知っていたのか……はっ」

　とんでもない……。

　俺はあいつのダシにでも使われようとしていたのか……？

　黒闇神夜明。

　俺がこの世で——最も嫌いな男。

　生まれた時からずっと、あいつと比べられてきた。

　俺は高貴なる妖精族。だが、妖精族よりも唯一能力が高いと言われている種族が存在する。

　知能、身体能力共にトップクラスの"悪魔"。

　そして、黒闇神夜明がまさにそれだった。

　普通、魔族でも使える能力はせいぜいふたつ。ほとんどの奴はひとつしか使えない。

　だが……悪魔は複数の能力を持つことができる。

　また、他人の能力を奪うこともできるため、最強で最悪の能力と言われている。

　内閣は表向きは民主主義を謳っているが、全て魔族で構成されている。この国を統べているのは実質魔族であり、

魔族の中ではトップに立つものを魔王と呼んでいる。

　俺の父の代で、白神家が代々受け継いでいた魔王の座を奪われ、そして俺とあいつが同級生になったこともあり、俺は黒闇神を超える男として育てられた。

　しかし……成績では、一度もあいつを超えたことはない。

　あんな日中悪友と惰眠を貪っているような男に負け続けることは、俺のプライドをズタボロにした。

　絶対にあいつを超える……俺は、トップにならなければいけない。

　白神家がこの国を統べていた時代を、取り戻すために。

　まさか鈴蘭が……俺の仇でもあるあいつのファンだったとは……。

　あいつを好きになるような女に、まともな人間はいない。ろくでもない女だ。

　俺の鈴蘭への好意は一瞬にして、恨みに変わった。

「あたしは……お姉ちゃんには、幸せになってほしいと思っています。白神様ならきっと幸せにしてくれるって信じています……」

　目を潤ませながら、俺を見ている星蘭。

「だけど……白神様にも、幸せになってほしい……姉と一緒になってしまったら……あなたが不幸になってしまう気がして……お伝えするか、たくさん悩んだんですが……」

「……お前は優しい人間だな」

　媚を売ってくる女たちと同じ匂いがしていたが……訂正する。

　鈴蘭よりも、こいつのほうが心は綺麗らしい。

「あたしなんて、全然です……」

「そんな目に遭わされた人間の幸せを願うなど、普通の人間にできることではない」

　15年間いじめられていると言っていた。

　そんな奴の幸せを願うなど、俺ならば無理だ。

　鈴蘭も、こいつのこういう優しいところが癇に障ったのかもしれないな。

　星蘭は……。

「……女神の生まれ変わりかもしれない」

「え？」

　口に出してしまっていたのか、星蘭が不思議そうに俺のほうを見た。

「……いや、何もない。お前みたいな心優しい人間は好ましい」

「憧れの白神様にそんなふうに言われたら……嬉しいです」

　安いおだてではあるが、黒闇神の話をしたあとだからか悪い気はしなかった。

「お前たち姉妹は似ていないが、双子か？」

「はい。二卵性の双子です。美人な姉と違って、あたしは大して可愛くもなくて……」

「そんなことはない。お前は愛嬌もあるし、すぐにいい婚約者が見つかる」

「あたしは、ルイス様が一番素敵な人だと思いますけど。あっ……ごめんなさい、気安く名前で呼んで……」

あいつよりも優っていると言われたみたいで、気分がよくなった。

「別にいい。お前ならな」

「お待たせしました……」

タイミングがいいのか悪いのか、帰ってきた鈴蘭。

何度見ても、見た目は上等だ。だが……こいつが黒闇神のファンだと知ったからか、やはり憎らしく見えた。

「おかえり、お姉ちゃん」

今は……こいつの顔を見たくない。

「……もう授業が始まる。教室に戻る」

俺は鈴蘭を置いて、級長室を出た。

その日、放課後になるまで鈴蘭のことを考えた。

汚れを知らない純朴そうな見た目をしておいて……まさか妹をいじめるような女だったとは……。

その上、黒闇神に惹かれていたなど……。

生まれて初めて一目惚れをし、好きになった女だというのに。

勝手に裏切られた気分になり、考えれば考えるほど鈴蘭への憎悪が増す。

とにかく、まだ詳しいことがわからない。

一体鈴蘭がどのように星蘭をいじめているのか、俺のことを利用しようとしているのか……昼休みのあの時間だけでは、把握しきれなかった。

改めて、星蘭に聞こう。

　放課後、俺は鈴蘭との約束を断り、星蘭を級長室に連れて行った。

「星蘭……鈴蘭のことを、詳しく聞かせろ」

「はい……ルイス様になら、なんでもお話しいたします」

　そこで聞いた話は、想像以上に悲惨（ひさん）だった。

　物心ついた時から、鈴蘭は星蘭のことを、「自分の双子なのに醜い」と言い毛嫌いしていたらしい。

　星蘭をまるで召使いのように扱い、逆らえば暴力を振るうこともあったという。

　ひどい時は鈴蘭に部屋に閉じ込められ、まともに食事も与えられなかったらしい。

　両親もそろって鈴蘭の味方らしく、家でも居場所がないそうだった。

　鈴蘭、なんという人間だ……。

　聖女のような見た目をしておきながら、悪魔のような女だと思った。

「俺から鈴蘭に言ってやろう」

「待ってください……！」

　星蘭が、俺の服を掴んだ。

「お願いします……それだけは……」

　声も体も、小刻みに震えている。

「一度、先生に相談して……ひどい目にあったことがあります……」

　どうやらトラウマがあるらしく、相当怯えている様子だった。

「なので……ルイス様に言ったとバレたら……あたし……」

「わかった。だから泣くな」

　どうしたものか……。

　この状況を知って、無視をするわけにはいかない。

　星蘭が……哀れすぎる。

「ルイス様のお気持ちは嬉しいです……こんなあたしのために、ありがとうございます……」

　涙を拭って、無理に作ったような笑顔を浮かべる星蘭。

「やっぱり……思った通りの人でした……」

「どういう意味だ？」

「お姉ちゃんは、黒闇神様を崇拝してますけど……あたしはずっと、ルイス様こそがトップにふさわしい方だと思ってました……」

「……」

「思っていた通り、優しくて……慈悲深い方で、感動しているんです」

　まあ、悪くない。

　やはり、こいつは鈴蘭よりも見る目があるようだ。

　俺はその日から1週間、星蘭と過ごすようになった。

　理由は様々だが……見かねた鈴蘭が、嫉妬をして文句のひとつやふたつ言ってくるものだと思っていた。

　そして、ふたりの間で口論になれば、俺が仲介に入って丸く収めてやればいい。

　だが……あいつは一向に俺に何も言ってこない。

　俺はあいつが星蘭に謝り、心を入れ替えるのなら……全

て水に流してやろうと思った。

　俺の婚約者としてあるまじき過去の行いにも目をつむり、黒闇神を崇拝していたことも……許してやろうと思っていた。

　そんな俺の好意を踏みにじる気か……？

　泣いて謝ればまだ可愛げがあるものの……やはり図太い女だったか。

「お姉ちゃん……昨日、お礼を言ってきたんです」

「何？」

「ルイス様がいなくなって、清々した……星蘭のおかげだって……」

　そしてこの星蘭の発言が、決定打になった。

「ルイス様が……かわいそうで……」

　肩を震わせて泣いている星蘭。

　俺はこみ上げる怒りを鎮めるように、息を吐いた。

　鈴蘭……。

　あの日、あの瞬間……あいつに一目惚れをした自分が情けない。

　こんな女に俺は……一生を誓おうとしたのか。

「鈴蘭、お前との婚約を破棄する」

　翌日、俺は鈴蘭に婚約破棄を突きつけた。

「異論があるなら言ってみろ」

　これが最後の情けだ。

　まあ、星蘭の言う通りプライドの高い女だとしたら……

こんな大衆の前で俺にすがりつくようなことはしないだろうが。

「……ありません」

　無表情のまま、そう言った鈴蘭。

　最後までこいつは……最低の婚約者だった。

「そうだろうな。お前はもとより、俺に不満があったそうだからな」

　不快きわまりない態度を、鼻で笑い飛ばす。

　だがその時、一瞬……鈴蘭が、いつもとは違う表情を見せた。

　何か言いたげな視線を俺に送ったかと思えば……また、いつもの無表情に戻った鈴蘭。

　気のせいか……？

　……まあ、気のせいだろうな、こいつはかばいようがないほど最低な女だから。

「俺たちの婚約破棄は成立だ。本題に入る」

　俺は星蘭に歩み寄り、形式通り跪いた。

「たった今、俺と星蘭は正式に婚約者になったことを宣言する」

　星蘭が……嬉しそうに、顔をほころばせた。

　教室中が、歓声に包まれる。

　どうやら他の生徒も星蘭が姉に虐げられていることは知っていたらしい。

　さながら、かわいそうなシンデレラがハッピーエンドを迎えた時のように……教室内は祝福の言葉で溢れていた。

　鈴蘭と婚約破棄をして１週間。

　あいつは完全に孤立しているのか、いつ見てもひとりで本を読んでいた。

　冷然とした態度が、また俺の癇に障る。

　もう少ししおらしくしていれば可愛げがあるというのに……。

「ルイス様！　今日の昼食もとっても美味しいです……！」

　いつものように、級長室で星蘭と昼休みを過ごす。

「そうか」

「デザートはなんですか？」

「ケーキを用意させた」

「わあ……！　嬉しいです……！」

　はしゃいでいる星蘭に、俺も微笑み返してやる。

　婚約はしたが……別に、星蘭に対して恋情があったわけではない。

　これはある種、鈴蘭への当てつけの意味もある。

　俺が憎い妹と婚約し、自分は捨てられたとなれば……こいつはブランの笑いものだ。

　俺を利用しようとしたことを、後悔させてやる。

　それに、何より星蘭は……。

　"あれ"の可能性があったからな。

「そういえば……女神の生まれ変わりって、なんですか？」

　星蘭の言葉に、俺は食べる手を止めた。

　ナイフとフォークを置いて、星蘭を見る。

「なぜそれを知っている？」

"女神"に関することは、人間が知っている話ではないはずだ。

「今日、クラスの友達に言われたんです。あたしが生まれ変わりの最有力候補だって」

　まあ……別に人間に他言禁止という決まりもないが。

　女神の生まれ変わり。それは——俺が星蘭に婚約を申し込んだ、一番の理由。

「女神の生まれ変わりは……千年に一度現れると言われている」

　生まれ変わり……つまり、女神そのものだ。

「そして……今年の新入生の代に、その女神の生まれ変わりが存在すると言われているんだ。……今、その最有力候補と言われているのがお前らしい」

「あたしが……？」

「ああ」

　女神は、その名の通り神だ。この世で最も力を持つ存在。

　しかし女神は魔族としてではなく、人間として生まれ、肉体の成長とともに力が解放される。

　女神が真の力を解放するのは、15歳から18歳の間と言われている。

　女神は、特別な物理的能力を持っているというわけではなく……「女神の加護」という能力を持つ。

　存在するだけで、繁栄をもたらすという……常人離れした能力だ。

　もちろん、この世で最も重宝されている力。

　女神あるところに幸福あり。女神が誰に微笑むか次第で、均衡（きんこう）が傾く。

　もともと俺は、生まれ変わりを探し、白神家の繁栄のために婚約者に迎えろと言われていた。黒闇神家に奪われたトップの座を、取り戻すため。

　俺も婚約に夢を持っていたわけではないし、本気で想える相手がこの先現れると思っていなかったから……どうせなら白神家に有益をもたらす婚約者を迎えたいと考えていた。

　だが……正直、鈴蘭を一目見たとき、そんな考えは全て吹き飛んだ。

　あいつが女神の生まれ変わりでなくとも、婚約したいと思った。

　そんな俺の気持ちを、あいつは裏切ったがな。

「もしあたしが女神なら……嬉しいです！」

　俺の腕に抱きつき、微笑んだ星蘭。

「そうだな。俺もだ」

　お前が女神の生まれ変わりなら……白神族は再びトップになれるだろう。

　黒闇神一族に対抗できるのは……もはや女神の力しかない。

　そのくらい、女神の力は絶対的なものだ。

　女神と結ばれたものが、この国のトップになれる。

　だからこそ……こぞって女神の生まれ変わりを探している状況だ。

　わざわざ留年をして、女神を探している魔族もいるほど。

「お前は心優しい女だ……きっとお前が女神に違いない。そんな女と婚約できて、俺は幸せだ」

　俺はお前に賭けたんだ。頼むぞ星蘭……。

「あの……」

「ん？」

「ひとつだけ、お願いしたいことがあるんです……」

　ちらちらと、俺を見つめてくる星蘭に違和感を覚える。

「なんだ？」

「あたし、寮生活に憧れがあって……」

　……またか。

　星蘭は、度々寮生活について言及してくる。

「憧れというか……お姉ちゃんが怖いから、家にいるのが苦痛で……」

「そうか……」

　この学園は、魔族は全員寮生活をしている。

　セキュリティも備わっていて、登下校をするよりも寮生活のほうが安全だからだ。

　それに、勉学にも集中できる。

　人間は、原則寮には入れない。

　人間が入寮する方法はひとつ。婚約者の部屋に同居という形で入るしかない。

　もともと、寮の部屋は十分ふたりで暮らせるほどの広さを用意されている。

　婚約関係にあり、魔族側が許可を出せばすぐに入寮は可

能だ。

　だが……俺はどうしても、それだけはしたくはない。

　ひとりの時間が好きで、他人と暮らすのが苦痛だからだ。

　星蘭はよく言えば明るく、悪く言えば騒々しい。

　星蘭とふたりで暮らすのは……まだ考えられない。

「まあ、そうだな……ゆっくり考えよう」

「ほんとですか？」

「ああ」

　星蘭の機嫌を損ねないように、曖昧な返事をした。

　星蘭が女神だと判明すれば……入寮に踏み切ってもいいが……それまでは今の距離感が限界だ。

　正直……鈴蘭と婚約していた時は、早々に入寮の手続きを進めようと考えていた。

　あいつは見た目だけは美しかったから、心配でそばに置いておきたかったという理由と……あいつとなら、他人と暮らすのも悪くないと思ったから。

　今頃、こそこそ昼食をとっているだろう。

　教室では居場所がないみたいだからな。

　俺は脳裏に鈴蘭の姿を浮かべ、目をつむった。

　……謝るなら、今のうちだ鈴蘭。

　やはり俺のほうがいいと泣きつけば……今ならお前のもとに戻ってやる。

　そんなことを思いながら、この時の俺はまだ自分が鈴蘭に未練があることを認めることはできなかった。

シンデレラは見つかった

　お風呂を済ませて、浴室を出る。

　あの鳥さん、無事だったかな……。

　いつかまた、元気な姿で会えたらいいな……。

「あ、お姉ちゃん、まだ起きてたんだ」

　洗い物をするためにリビングに行くと、星蘭が上機嫌でソファに寝転んでいた。

　星蘭がこんなふうに声をかけてくれるのは珍しい。

「ふふっ、リシェス学園の生徒たちもバカよね」

　スマートフォンを触りながら、ほくそ笑んでいる星蘭。

「みんなあたしの言うこと、簡単に信じるんだもん」

　噂のことを言っているのかな……？

　まるで憐れむように私を見た星蘭に、思わず視線を逸らした。

「まあ、あんた悪役ヅラだし……仕方ないか」

　悪役ヅラ……そっか……。

「顔がきついとは言われたことがあるし、そうなのかな、はは……」

「何笑ってんのよ、気持ち悪い」

　笑っていないと情けない表情になってしまいそうで、いやだったから。

「いい？　あたしとルイス様の邪魔したら……ただじゃおかないから」

　そんなの、言われなくてももちろんわかってる。

　ふたりの邪魔は絶対にしないし、幸せになってほしいと思っていた。

　……早くルイスさんへの気持ちを断ち切らなきゃって、努力してる。

「何かしたら、お母さんに言いつけちゃうよ」

　そのひと言は、私にとっては何より恐ろしい言葉だ。

　何度も頷いて、星蘭に忠誠を誓う。

　ただ……叶うなら、ひとつだけ伝えたい。

「あの……私がこんなこと言える立場じゃないってわかってるんだけど……」

　できるだけ星蘭の気を悪くさせないような言葉を探して、恐る恐る口に出した。

「ルイスさんのこと、幸せにしてあげてほし、くて……あの、すごく、優しい人だと思うから……」

　それだけを、どうしても伝えたかった。

　少しの間でも、私に幸せをくれたルイスさん。

　だからどうか、末長い幸せがルイスさんに訪れてほしい。

「何指図してんのよ!!」

　怒らせてしまったのか、星蘭がソファのクッションを投げてきた。

「ご、ごめんなさい……」

「あんたはあたしの言うことだけ聞いていればいいの」

「う、うん……ごめんね」

　やっぱり、何も言うべきじゃなかった……。

　これ以上怒らせないようにと、何度も謝罪の言葉を口にした。

「ちっ……早くリビングから出てって」

「う、うん……おやすみなさい……！」

「……あ、そうだ。あたしの分の提出物は？」

　事前に星蘭から済ませておくように頼まれた、明日が期限の宿題。

「終わってるよ。明日、リビングに置いておくね」

　それ以上返事はなかったから、私は逃げるようにリビングを出た。

　よかった……伝えたいことは、ちゃんと伝えられた……。

　星蘭は今までも、恋人と長続きしなかったから心配だったけど、ルイスさんのことは入学前から好きだったと言っていたし、今までのお相手とは違うと思う。

　ふたりはみんなが言うように、本当にお似合いだと思うから……。

　目をつむると、私に向けてくれたルイスさんの微笑みが浮かんだ。

　ルイスさん……。

　どうか……幸せになってほしい……。

　翌朝。

　いつも通り学校に行って、教室について本を読む。

「あー、やば、俺宿題やってないや……」

「あの先生、提出物の点数高いから、結構成績に響くぞ」

「あたしのでよかったら見る？」

　後ろで、星蘭とその友達の会話が聞こえた。

「え……いいの星蘭ちゃん……！」

「もちろんっ。友達が困ってたら、助けるのは当然だよ……！」

　ノートを置いた音がして、私のほうが不安になった。

　大丈夫かな……答え、間違っていたら責任重大だ……。

「星蘭ちゃんって、本当に優しいよね」

「まさに聖女って感じ」

「あたしが優しい？　そんなことないよ〜」

「級長も、星蘭ちゃんを選ぶなんて見る目があるよな」

「ブランのベストカップルだよ」

　ふたりはすっかりブラン公認の婚約者同士で、友達がいない私ですらふたりの噂はよく耳にする。

　今みたいに、みんなから羨まれる理想のカップルとして。

　その度に、同じように羨んでしまう私は……いつになったら、ルイスさんへの気持ちを断ち切ることができるんだろう。

　未練がましい自分に、悲しくなった。

　お昼休みになり、逃げるように今日も裏庭へ行く。

　ルイスさんに会いたくなくて、ルイスさんが星蘭を迎えに来るよりも先に教室を飛び出した。

　最近、教室にいるだけで息苦しさを感じてしまう。

　みんなが私を哀れんでいる気がして……授業中でさえ逃

げ出したくなる時があった。

　自意識過剰すぎるかな……。

　まだ入学してから２週間しか経っていないのに、こんな状態じゃダメだ。

　気を確かに、私。

　パチパチと頬を叩いて、気合を入れる。

　だけど、逆にそれが惨めに思えて、また悲しくなった。

　お弁当を膝(ひざ)に置いたまま、今日は少しだけどんよりしている空を見上げる。

　気分が晴れるわけではなかったけど、空を見ていると気持ちが落ち着いた。

　私の視界に、空を飛ぶ白い鳥が映る。

　昨日の鳥さんは、無事かな……。

　カラスではない、真っ黒な鳥さんの姿が脳裏(のうり)をよぎった。

　言っていたご主人さんに、傷を治してもらえていたらしいけど……。

　傷も深かったから、もしかしたら、もう飛べなくなっていたり、しないかな……。

　どうか、無事でありますように……。

　目をつむって祈りを捧げた時、強い風が吹いた。

　今日は風は穏やかだったはずなのに、突然吹きだした強風をしのぐように顔の前に腕を持ってくる。

　な、何っ……!?

「──おい」

　風が止んでから、ゆっくりと目を開けた。

　目の前にいたのは……ひとりの、青年。

　長身で、180センチ以上ありそうな大柄な人。だけどシルエットはシュッとしていて、モデルのようなスタイルだった。

　フードがついたパーカーに、スウェットのようなズボン。どちらも真っ黒で、全身が黒で覆われている。フードを深くかぶっていて、顔は見えない。

　ただ、彼が私を見ていることだけはわかった。

　唯一見える彼の薄い唇が……ゆっくりと開く。

「お前……名前は？」

【Ⅱ】寵愛の幕開け

フードさん

「お前……名前は？」

　この人は……誰？

　悪い人ではないのかもしれないけど、顔が見えないから恐怖心を抱いてしまう。

　名乗っても、いいのかな……。

　不安を感じたけれど、怪しい人が私に近づいてくる理由がない。

　お金も持っていないし、私に利用価値はない。だから、名前を聞かれてそれを無視する理由もなかった。

「双葉、鈴蘭です」

　そう正直に答えたけど、彼は黙ったまま。

　ただじいっと私を見たまま動かない。

　こちらから顔は見えないけど、見られていることだけはわかるから、気まずさを感じて視線を伏せた。

『べっぴんさん!!』

　え……？

　この声は……！

　顔を上げると、彼の後ろから昨日の鳥さんが現れた。

「鳥さん……!!」

　元気に羽ばたいている鳥さんの姿を見て、心の底から安堵した。

「よかった……！　無事だったんですね……！」

　傷跡も残っていない……昨日のあの傷が、ここまで綺麗に治るなんて……。まるで、魔法みたい。

『はい！　ご主人に治してもらってもうすっかり元気です！』

　てことは……この人が鳥さんのご主人さん？

『ああ、紹介が遅れました！　この方はわたしのご主人で、くろやが……ピエッ‼』

　私が不思議に思っていることを察したのか、紹介しようとしてくれた鳥さん。

　けれどその鳥さんの言葉を、主人さんが遮った。

『し、失礼しました……！　わたしのご主人で、ノワール学級の警備員をしている方です！』

　警備員……学校関係者の方なんだ……。

　どうして制服を着ていないんだろうと思っていたから、納得した。

「昨日は……ラフが世話になった」

　ご主人さん……と呼ぶのも変だから、心の中でフードさんと呼ぶことにした。

　フードさんは低い声で、私にそう言ってくる。

『ラフはわたしの愛称でございます！　そういえばわたしも名乗り忘れてましたね！　ラファエルと申します！　気軽にラフと呼んでください！』

　元気で明るい鳥さんに、ぴったりの可愛い愛称。

「お前に礼がしたい。何か欲しいものはあるか？」

　お礼……？

「い、いえ。お礼なんて必要ありません」

「そういうわけにはいかない」

　そんな……。

　いじめられていた小動物を助けたのは当然のことだし、お礼をもらうようなことじゃない。

　きっと誰だってあの場にいれば助けただろうし……そんなことでお礼をもらうなんて間違ってる。

「欲しいものがあるならなんでも言ってみろ。用意する」

　それなのに、かたくなに引き下がらない彼に困惑してしまう。

『ご主人……！　鈴蘭様が困っております！』

　ラフさんが助けに入ってくれて、顔は見えないけれど彼が一瞬たじろいだのがわかった。

「……悪かった、困らせたいわけじゃない」

　なんだろう……まだ会ったばかりで、彼のことは何もわからないけど……。

「いえ……」

　悪い人では、なさそう。

　それに、使い魔であるラフさんを助けたからお礼をするなんて……ラフさんのこと、きっと大事にしているんだろうな。

　ラフさんが大切にされていることがわかって、安心と同時に嬉しくなった。

『鈴蘭様！　もしや昼食中でしたか？』

「あ、はい」

『わたしたちのことは気になさらず！　ささ、食べてください！』

　気にせずって……ここにいてくれるのかな……？

　フードさんは、無言のまま私の隣に座った。

　ラフさんはそんなフードさんの肩に乗っている。

　ひとりでいるのは寂しかったから……ふたりがいてくれることを喜んでいる自分がいた。

「い、いただきます」

　お昼休みの時間には限りがあるから、お言葉に甘えて早く食べてしまおう。

　ふたりは、昼食は取らないのかな……？

「あの、フードさんは……」

『フードさん？』

　不思議そうに頭をかしげているラフさん同様、フードさんも私を見たままじっと動かない。

「あっ……失礼しました……」

「いや、呼び方はなんでもかまわない」

　フードさんって呼んでも、いいのかな……？

　安心して、胸をなでおろす。

「おふたりは、お昼ご飯はもう食べましたか？」

「いや、あとで食べる」

『はい！』

「俺たちのことは気にするな」

　フードさんの声……最初は怒っているから低いのかもしれないと思ったけど、もともと声が低いのかもしれない。

　よく聞くと、声色は優しくて、喋り方も落ち着いている。

　重低音の……すごく心地いい声。

「お前は何学年だ？」

　質問が飛んできて、食べていた卵焼きを飲み込んだ。

「い、１年です」

「新入生か……もう学園には慣れたか？」

「少し……」

「そうか」

　声色は穏やかだけど、表情が見えないからどんな顔をしているのかわからない。

「わからないことがあれば、いつでも聞け。……まあ、ブランについては俺も詳しくないが」

　まさかそんな優しい言葉をかけてもらえるとは思わなくて、フードさんの言葉が胸の奥にじんわりと響いた。

　星蘭から、他の生徒の前ではにこりとも笑うなと言われているけれど、フードさんは清掃員の方って言っていたし……きっと大丈夫だよね……。

「ありがとうございます」

　ぎこちないものだろうけど、フードさんに精一杯の笑顔を返す。

　さっきまでひとりきりで落ち込んでいたのが嘘みたいに、私の気持ちは高ぶっていた。

　誰かがそばにいてくれるだけで、こんなにも楽しいんだと知った。

　お弁当を食べ終わって、そろそろ予鈴が鳴る時間。

　ふたりはずっと私の隣にいてくれて、お弁当を食べなが
ら度々質問をされてはそれに答えていた。

　私も、フードさんのことが知りたい……。

　だけど、顔を隠しているってことは、何か事情がある
のかもしれないし……私からは何も聞かないほうがいい
かな……。

「そろそろお昼休み、終わりますね……」

　寂しいけど、教室に戻らなきゃ……。

「それで、礼は？」

　まだそのお話は有効だったのか、話題が戻ったことに驚
いた。

　律儀なフードさんに、笑顔を向ける。

「もう十分です」

「ん？」

「お昼休みを一緒に過ごしてくれて、ありがとうございま
した」

　こんなふうに誰かと、休み時間を過ごしてもらえて楽し
かった。

　一度ルイスさんと食べたこともあったけど……あの時は
星蘭もいたから、緊張していて……。

　だけど今日は、フードさんとラフさんのおかげで穏やか
な時間を過ごすことができた。

　寂しさを感じなかったのは、久しぶりだ。

「お前……」

　フードさんが何か言いかけた時、ちょうど予鈴が鳴った。
「授業が始まるので、失礼します……！」
　裏庭は教室から離れているから、急いで戻らなきゃ。
　立ち上がって、ふたりに頭を下げる。
「お話できて楽しかったです……！　ありがとうございました……！」
　そう言い残して、走りだした。
　また……会えるといいな……。

鈴蘭

【side 夜明】

　俺の日常はつまらない。

　何かに興味を持つことや、心が踊るような出来事もなかった。

　だが……今日だけは違う。

　朝、目が覚めてからずっと、この時を待ちわびていた。

　昨日と同じ時刻。俺はブランのあの女に会うため、支度を進める。

　ようやく会いに行ける。今日もあの場所にいるとは限らないが……会えるかもしれないと思うだけで、心臓が高ぶっていた。

　どうして俺はこんなにも浮かれている？

　わからない……ただ、一刻も早くあいつに会いたい。

『……ご主人、大変申し上げにくいですが、その格好だと不審者に間違われてしまいますよ』

　ラフが、こほんと咳払いをするふりをした。

「下手な格好をするより、まだシンプルなほうがいい」

　使用人に用意させた、質素な服装。黒のパーカーとスウェットという組み合わせだった。

　このような洋服を着るのは初めてで、新鮮だった。

　楽だな……寮の中であれば、こういう格好もありかもしれない。

『はぁ……怖がられても知りませんからね！』

　そんなに怪しいかと、少し不安になった。

　……第一印象は大事だ。怖がらせたくはない。

　まあ、顔を見られるなと言われている以上、多少不審な格好になるのは仕方がないだろう……。

　できるならば、変装などはせずに会いたかった。

　だが立場上、気軽にブランに行くこともできない。

　もし俺と会っていることがバレたら……あいつが危険にさらされる可能性だってある。

　それだけは絶対に避けたい。

『いいですかご主人！　ぜーったいに黒闇神夜明だとバレてはいけませんよ！』

「何度も言わなくていい」

『あのべっぴんさんはともかく、他の生徒にバレたら大騒ぎになりますから！！』

「わかったから黙ってついてこい」

　時間になり、寮を出る。

『徒歩で向かいますか？』

「いや、テレポートする」

『ですが……』

　学園内で特定の能力を使うことは、原則禁止されている。

　特に物理的な能力を行使することは、停学処分……または退学処分になる。

　他者にバレずに能力を使っている奴はいるだろうが、浮遊能力系は見つかれば教師に咎められ、処分対象となるた

め容易に使えない。

「ブランとノワールの門で他の生徒に会う確率が高い。手っ取り早く裏庭に行くほうがリスクは低いだろう」

『見つかっても知りませんよ』

「そんなヘマはしない」

　見つかったとしても……どうにでもなる。

「掴まれ」

『イエッサー!!』

　また変なドラマを見たな、こいつ……。

　ハイテンションで返事をしたラフに、呆れてため息をついた。

　精神を統一させ、昨日の裏庭を眼に浮かべる。

　再び目を開けると、目的地に着いていた。

　……いた。

　真っ先に目に入った、ベンチに座る女の姿。

　女は驚いた様子で、こっちを見ていた。

　会えたことに、俺の脳内では歓喜の鐘が鳴り響いた。

　初めて自分の目で見つめた女は——ラフ越しに見た何倍も美しかった。

　うるさいほどの心臓の高鳴りを感じる。

　落ち着け……まだ会ったばかりで、動揺してどうする。

　まずは、名前が知りたい。

「お前……名前は？」

　女は、目を見開いて俺を見ている。

　その瞳に……若干の怯えが見えた。

……まあ、この格好だ。仕方がない。

「双葉、鈴蘭です」

　逃げられるかもしれないと思ったが、案外すんなりと名乗った女。

　警戒心のなさに心配になったが、名前を知ることができた。

　……鈴蘭、か。いい名前だ。

　美しく可憐なこいつにふさわしい。

　それに……声も、透き通るような響きをしている。

『べっぴんさん‼』

　テレポートで一瞬気を失っていたラフが、俺の後ろから姿を出した。

　途端、女……鈴蘭の目が輝いた。

「鳥さん……‼」

　目の前に飛んで行ったラフを見て、嬉しそうにしている。

「よかった……！　無事だったんですね……！」

　どうやら、ずいぶん心配をかけたらしい。

　通りすがりの鳥1羽のことを、そこまで心配するなんて……。

　鈴蘭が、不思議そうに俺を見ていることに気づいた。

『ああ、紹介が遅れました！　この方はわたしのご主人で、くろやが……ピエッ‼』

　こいつ……俺に散々バレるなと言っておきながら……。

『し、失礼しました……！　わたしのご主人で、ノワール学級の警備をしている方です！』

「昨日は……ラフが世話になった」

　鈴蘭は恐縮しながら、首を横に振った。

「お前に礼がしたい。何か欲しいものはあるか？」

　ここに来る口実でもあったが、礼をしたいのは本心だ。

　望むものは、なんでも差し出そう。

　家でも車でも島でも……大金でもいい。

　こいつが望むもので、俺が用意できないものはきっとないだろう。

「い、いえ。お礼なんて必要ありません」

　何を言われてもかまわなかったが、鈴蘭は申し訳なさそうに断ってきた。

「そういうわけにはいかない。欲しいものがあるならなんでも言ってみろ。用意する」

　遠慮なんてしなくていい。

　人間が欲まみれなことはわかっているし、当然のことだ。

　欲しいもののひとつやふたつ……口にすればいい。

　俺も、使い魔を助けられて、礼もしないとなれば格好がつかないからな。

　そして何より……鈴蘭に気に入られたいと思っている自分がいた。

　こいつの気をひくためならば、なんだって用意してみせよう。

『ご主人……！　鈴蘭様が困っております！』

　ラフに言われて、初めて気づいた。

「……悪かった、困らせたいわけじゃない」

　ただ……喜ばせたかっただけだが、うまくいかなかったようだ。

「いえ……」

　鈴蘭も恐縮してしまっていて、どうすればいいかわからなくなった。

　今まで俺に近寄ってくる女を全て避けて生きてきたせいか、どう接すればいいのかわからない。

　……まず、俺はどうしてここまで必死になっているんだ？

　その理由も、はっきりしないままだった。

『鈴蘭様！　もしや昼食中でしたか？　わたしたちのことは気になさらず！　ささ、食べてください！』

　ああそうか、昼食か……。

「い、いただきます」

　ずいぶん小さいサイズの弁当箱を取り出して、急いで食べはじめた鈴蘭。

　俺は邪魔をしないように静かに、隣に座った。

「あの、フードさんは……」

『フードさん？』

「あっ……失礼しました……」

　もしかして、俺のことか……？

「いや、呼び方はなんでもかまわない」

　こんな格好をしている上に、名乗らない俺が悪い。

　だが……できるなら、名前を呼ばれてみたいと思った。

　この美しい声に「夜明」と呼ばれたら、どれだけ気分が

いいだろう。

　想像するだけで、これまで感じたことのなかった感情が胸の奥底から込み上げてくる。

　なんだ、これは……。

「おふたりは、お昼ご飯はもう食べましたか？」

　改まって聞いてくる鈴蘭を見ると、視線がぶつかった。

　といっても、鈴蘭のほうはフードで俺の顔は見えていないだろう。俺は透視能力があるため、鈴蘭の綺麗な顔がはっきりと見えていた。

　大きな瞳は、やはり一点の陰りもなく、美しい。

　その瞳に直接見つめられ、一瞬呼吸が止まった。

「……いや、あとで食べる」

　思わず視線を逸らしてしまう。

　危なかった……魂を抜かれるかと思った。

　こいつに見つめられると……どうしてか、心臓がおかしくなる。

『はい！』

「俺たちのことは気にするな」

　心を落ち着かせようと、小さく息を吐いた。

　……俺も、聞いてもいいんだろうか。

「お前は何学年だ？」

「い、１年です」

「新入生か……もう学園には慣れたか？」

　聞きたいことが山ほどあるため、ひとつずつ聞いていく。

「少し……」

　ん……？

　鈴蘭の笑顔が、昨日見た表情と重なった。

『ブランであなたみたいな人、初めて見ました！　ブランだけじゃないです！』

『ありがとうございます』

　どうして、そんな顔をする？

　何かあったのか？

　そう聞きたかったが、言葉を飲み込んだ。

　ここで深入りをすれば、怖がらせるかもしれない。

　それに、まだ名前すら名乗っていない俺が……追求する権利もない。

「わからないことがあれば、いつでも聞け。……まあ、ブランについては俺も詳しくないが」

　困ったことがあれば、力になりたい。

　そんな無理に作ったような笑顔は……させたくない。

　鈴蘭が、俺を見てなぜか驚いている。

　そして……もの悲しげな笑顔が、和らいだ。

「ありがとうございます」

　どこかぎこちないが、嬉しそうな微笑み。

　花が咲くような愛らしい笑顔に、心臓を射抜かれるような衝撃に襲われた。

　……なんだ、これは。

　こんな途轍もなく激しい感情は知らない。

　とにかくこいつが可愛らしく見えて、今すぐに抱きしめてしまいたくなった。

　可愛いなんて言葉は、生まれてこの方使ったことがないというのに、頭の中がその感情で埋め尽くされていた。

　その後のことは、よく覚えていない。

　鈴蘭に見惚れ、我に返っては誤魔化すように適当な質問を投げつけては、また見惚れて……その繰り返しだった。

「そろそろお昼休み、終わりますね……」

　もうそんな時間か……？

　時計を見れば、昼休みが終わる10分前になろうとしていた。

　鈴蘭と会ってから、まだそれほど経っていない感覚だったというのに。

　これほど時間が過ぎるのが早く感じるのは初めてだ。

　もう、行ってしまうのか……。

　そう思うと、焦燥感に襲われる。

「それで、礼は？」

　とにかく、今日の目的を果たそう。

　そう思い再度問いかければ、鈴蘭は首を横に振った。

「もう十分です」

「ん？」

　十分？

　意味がわからず鈴蘭を見つめると、俺を見て……再び愛らしい笑みを浮かべる。

「お昼休みを一緒に過ごしてくれて、ありがとうございました」

　……は？

　過ごした時間が礼だと言わんばかりの鈴蘭の発言に、呆気にとられた。

　たった少し話しただけで礼を言うなんて、わけがわからない。

　それに……この時間に価値を感じたのは、俺のほうだ。

　鈴蘭と過ごす時間が、過ぎ去ってほしくないと思った。今も、教室へ戻ろうとしているこいつを引き止めてしまいたい。

「お前……」

　引きとめようとした俺の言葉を遮るように、チャイムの音が鳴り響いた。

「あっ……授業が始まるので、失礼します……！」

　慌てた様子で立ち上がり、頭を下げた鈴蘭。

「お話できて楽しかったです……！　ありがとうございました……！」

　その笑顔に見惚れて、引き止める言葉も出なかった。

『鈴蘭様は、変わったお方ですね……』

　ラフの声に、ようやく我に返る。

『ご主人の正体がわかっていたなら、お礼を言うのも頷けますけど、ただの青年と鳥と話しただけでお礼を言うなんて……それに、ご本人はすごく嬉しそうでしたし……』

　ラフの言う通り、鈴蘭は最後、とても幸せそうに笑った。

　ほんの少しの時間、得体の知れない男と、鳥1羽と過ごしただけで。

　そんな時間ごときにあんな笑顔を差し出すなんて……あいつは自分を安売りしすぎている。

『ご主人、これからどうするんですか?』

「……欲しい」

　鈴蘭がいなくなった方向を見つめたまま、自然と口が動いていた。

『ご主人……?』

「……あいつが欲しい」

　何かを強く求めたのもまた、初めてだった。

　あいつは、知らない俺ばかりを引きずり出してくる。

　そしてそれを心地よく思っている自分にも驚いた。

『なんと……!』

「明日も行く。あいつに礼をしないと気が済まない」

　昼はこの裏庭で過ごしているようだから、ここに来れば会えるだろう。

　これっきりで終わらせるつもりは毛頭ない。

　あいつの全てが知りたい。全てを俺のものにしたい。

　様々な感情が一気に溢れて、もう自分ではコントロールできない。

　可愛い、いじらしい、そばにいたい……あいつのあの笑顔を、ずっと見ていたい。

　これは一体、なんという感情だ。

　夢うつつの状態で、寮に戻る。

　部屋では竜牙が待っていて、帰ってきた俺を見て意味深

な表情を浮かべていた。

「それで、密会はどうでした？」

「……」

　どうと聞かれると、返答に困る。

　鈴蘭と過ごした時間は、ただただ幸せな時間だった。

「おや……黙り込んでしまうなんて……夜明、まさか本当
に恋をしたんですか？」

「恋？」

　自分には一生縁（えん）がないと思っていたその言葉。

「……そうか」

　これが、恋か。

　今まで色恋にうつつを抜かす人間が理解できなかった
が、鈴蘭と出会いこの身で思い知った。

　この強い感情こそが恋だというなら、全て納得がいく。

　あいつを求めるのも……そういうことなのか。

「おやおやおや……おやおやおやおや……！」

　俺を見て、竜牙が目を輝かせた。

「お前、うるさいぞ」

　そうか、恋か……。

　ソファに座り、息を吐いた。

　まさか自分が……誰かひとりの人間に溺れるとは。

　今はとにかく、鈴蘭が欲しくて仕方がない。

　早く、明日の昼になれと願った。

　……いや待て。

　自覚したはいいものの、これからどうすればいいんだ。

「おい竜牙、恋とはなんだ」

「え？」

「これから俺はどうすればいい」

「ま、まずは相手の方を知るところから始めましょう！」

　知るところから……ずいぶんまどろっこしいな。

　できることなら、鈴蘭を今すぐノワールに引き入れ、四六時中そばにいたい。

　あんな可愛い女……早くしなければ、他の男に取られかねない。

　あいつは必ず──俺のものにする。

明日の約束

　授業中、ふと鳥の鳴き声がして窓の外を見る。

　わっ……青い鳥だ……！

　初めて見る綺麗な色の鳥に、感動した。

　それと同時に、昨日のお昼休みのことを思い出す。

　楽しかったな……フードさんとラフさんとお話をしながら、お昼ご飯を食べて……。

　楽しい思い出に浸っていたいけど、今は授業中だ。

　集中しなきゃ……。

　入学したばかりだから、勉強は気を抜けない。

　聖リシェス学園では高い学力を求められるから、毎日の予習復習も欠かさずしていた。

「問4を……双葉、答えなさい」

　名前を呼ばれて、立ち上がる。

「はい」

　これは星蘭との決まり事で、双葉と呼ばれたら私が答えることになっていた。

　星蘭は勉強が嫌いだから。

「いや違う、双葉星蘭のほうだ」

　え……。

　言い直した先生に、冷や汗が滲んだ。

「えっと……」

　星蘭も、困ったように声を出している。

　今までの授業で、突然指名されることはなかったから、油断してた。

「ん？　現状提出物点は満点だから、お前ならわかると思うが……」

「こほんっ、こほんっ……」

　突然、咳き込みだした星蘭。

「星蘭ちゃん、大丈夫？」

　クラスメイトたちも心配していて、私も星蘭を見つめた。

「朝から体調が悪くて……」

　そうだったの……？

「まあいい、それじゃあ双葉鈴蘭、答えなさい」

　答えを口にすると、先生は満足げに微笑んだ。

「正解だ。よくできたな」

　席に座って、ほっと胸をなでおろす。

　だけど、みんながチラチラと私を見ている気がした。

「頭はいいのかな」

「なんか偉そうだよね」

「成績だけよくても、あそこまで性格が悪かったら終わりでしょ」

　……仕方ない。

　何をしても嫌われてしまうのは、もうどうしようもない。

「星蘭ちゃん、体調悪いの？　大丈夫？」

　後ろで、星蘭とクラスメイトが話している会話が聞こえた。

「昨日、ちょっといろいろあって……」

「まさか、またお姉ちゃんにいじめられたの？」

「……」

「最低……」

　いちいち心を痛めていたらキリがない。

　そうとわかっていても、悪意を向けられるのは慣れなかった。

「自分が"絶世の悪女"って呼ばれてること、知らないのかな」

　絶世の悪女……。

　確か中学の時は、"氷の悪女"って呼ばれていた。

　また新たに、仰々しい汚名がついたことに悲しくなる。

　私はいつも、悪女の立ち位置から抜け出せない。

　一生、このままなのかな……って、また後ろ向きになってる。

　落ち込んでいても、何も変わらない。

　せめて心だけは強く持とう。

　それに、今は授業中だから……勉強に集中……！

　聖リシェス学園の授業はレベルが高く、勉強は好きだからどの授業も楽しい。

　２週間後に中間テストも迫っているから、気を引きしめなきゃ。

　お昼休みになって、いつものように裏庭に向かう。

　今日も、フードさんとラフさんが来てくれたり……なんて、しないよね。

　ふたりはノワールだから、ブランに来る用事もそうない

と思う。

　次はいつ会えるだろう……。

　そう思いながらいつものベンチに向かった時、人影が見えた。

　ベンチに座っている……昨日と同じ面影。

　あっ……！

「フードさん……！」

　嬉しくて、思わず大きな声で呼んでしまう。

「ラフさんも……！」

　よく見ると、後ろにはラフさんの姿もあった。

　ふたりも私に気づいたのか、こっちを見てくれた。

「あ、あの、こんにちは……！」

　笑顔で駆け寄って、頭を下げる。

　会えると思っていなかったから……すごく、嬉しい……。

「今日はどうしたんですか……？」

「お前に会いにきた」

「え……」

「昨日は流されたからな。ラフを助けた礼をさせろ」

　お礼……。

「あの、お礼なんて本当にいりません……」

　昨日一緒に過ごしてもらっただけで、十分すぎるくらいのお礼だったのに……。

　じいっと、私を見ていると思うフードさん。

　"思う" というのは、相変わらずフードを深くかぶっていて、顔が見えないから。

『ご主人……！　鈴蘭様が困っています……！』

「……欲しいもののひとつやふたつ、あるだろう。言ってみろ」

　欲しいもの……。

　どうしてフードさんがそこまでお礼にこだわるのか、わからない……。

「なんだって用意する。どれだけ高価なものでもかまわない。車でも家でも島でもやる。金塊でもいい」

　フードさんの発言に、驚いて目を見開いた。

　く、車？　家、島に金塊って……そ、そんなものねだるわけがないのに……！

　もしかして……私が貧相に見えるから、気遣ってくれているのかな……。

　髪は傷んでいるし、肌も綺麗ではないと思う。

　お金もかけていないし、持っているものも傷んでいるから……。

「……どうしてお前はそんな困った顔をする？」

「え？」

　顔を上げてフードさんを見ると、表情はわからないけど、なぜか悲しげに見えた。

「他の人間なら、もっと喜ぶはずだ……」

　苦しそうな声色に、パチパチと瞬きを繰り返す。

　それは、もしかして……。

「喜ばせようと、してくれているんですか……？」

「ああ」

　半信半疑だった。自意識過剰だったかもしれないと後悔したけど、フードさんはさも当たり前かのように返事をくれる。

　そんな……。

　どうして、私なんかを……。

　わからないけど……フードさんの気持ちが、とっても嬉しい。

　そ、そっか……そっか……。

　私を喜ばせようとしてくれていたんだ……。

「あ、ありがとうございます」

　嬉しくてたまらないのに、そんなありきたりなお礼の言葉しか出てこない。

　溢れそうになった涙を堪えるように、下唇を噛んだ。

「考えてみても、いいですか……？」

　お礼なんて本当に必要ないし、なんならもう十分すぎるほど幸せをもらったけど……フードさんの好意を無下にしたくない。

「ああ」

　私の返事に、薄っすらと見えているフードさんの口元が弧を描いた。

「ありがとう、ございます」

　なんだか、心がぽかぽかしてる……。

　だけど、フードさんはどうして、私のことを気遣ってくれるんだろう。

　ラフさんのことがあったから……？

　それしか理由がないから、きっとそうなんだろうな。

　昨日も思ったけど、フードさんはラフさんのこと、すごく大事にしてるんだろう。

「昼食を取りにきたんだろう？　俺のことは気にせず食べればいい」

　え……。

　今日も私が食べている間、ここにいてくれるのかな……？

　嬉しくて、何度も頷いてから隣に座った。

「お前はいつもここで食べてるのか？」

「はい。お気に入りの場所です」

「ひとりで？」

　聞かれたくない質問に、一瞬言葉が詰まった。

「は、はい」

「友人は？」

　いませんなんて言ったら……不自然がられるかもしれない。

　そういえば、フードさんには私の噂は届いていないのかな……。

　フードさんはノワールの人で、生徒ではないみたいだから、知らなくても不思議ではない。

　フードさんには、知られたくない……。

「友達はまだ、できていなくて」

　考えた結果、そう答えることにした。

　せっかく一緒にいてもらっているのに、気まずい空気になりたくない。

「そうか」

　追及されなかったことに、安心する。

『ご主人！　わたしもお腹が空いたので、先にノワールに帰ります！』

　え？

「おい、また迷子になるだろ、勝手に……」

『道は覚えましたので！　もうお腹が限界です！　では!!』

　ラフさんは頭を下げてから、勢いよく飛び立っていった。

　行っちゃった……。

「ラフさんは元気ですね」

「……無駄なくらいだがな」

「とても明るくて、見ているだけで笑顔になります」

「あれはうるさいだけだ」

　呆れているフードさんに、くすっと笑ってしまう。

　きっと心配なんだろうな……。

　フードさんはクールで声も低いから、一見冷たそうに思えるけど……其の実とても優しい人だと思う。

「お前、それだけで足りるのか？」

　お弁当を見て、そう言ったフードさん。

　隠すのを忘れていたけど……フードさんに見られたくなかった。

　私のお弁当は、白米と卵焼きと、キャベツしか入っていないから。

　量はこれだけで十分だけど、質素で可愛げのないお弁当

を見られるなんて恥ずかしい。

「は、はい」

「……」

　何か言いたげに、こっちを見ているフードさん。

「ずいぶんやせているように見えるが……食事はまともに
とっているか？」

　フードさんの言う通り、私はガリガリだ。食べるのは好
きだけど、食べていいものは決まっていたから、我慢して
いた。

　だけど、健康には支障はないだろうし、栄養はちゃんと
摂っているはず。

　一度、お母さんを怒らせてしまって、ご飯を食べさせて
もらえない時があったから……それと比べれば、今は十分
もらっているほう。

　頷くと、「そうか……」という低い声が返ってくる。

　少しの間、沈黙が流れる。

　無言のままのフードさんに、不安になった。

「あの、ごめんなさい」

「ん？」

「私、面白いことが言えなくて……」

　人と話したことが少ないから……こういうとき、何を話
していいのかわからない。

　せっかく一緒にいてもらってるのに……。

　社交性のかけらもない自分が、情けなくなった。

「どうして謝る？　俺はいたくてここにいる」

　自己嫌悪に陥る私に、優しい言葉をかけてくれるフードさん。

「面白い話をしようとは思っていない。お前の話が聞きたいだけだ」

「私の……？」

「ああ。お前のことが知りたい」

　知りたいと言ってもらえたのは、人生で２回目だった。

『お前のことをもっと知りたい。ふたりで過ごそう』

　ルイスさんの顔が脳裏をよぎって、突然不安に襲われる。

　フードさんも……私のことを知ったら……離れてしまうかもしれない……。

　嫌われてしまう日が、来るのかな……。

「何が好きだ？」

　まるで子供に問いかけるような、優しい声色。

　……この人には……嫌われたくない。

　ぎゅっと、お弁当箱を持つ手に力がこもった。

「読書が好きです。動物や、花も……」

「そうか……どんな本が好きなんだ？　動物も、花も、詳しく聞かせてくれ」

「えっと……」

　自分自身に興味を持ってもらえたことが嬉しくて、だけど何から話せばいいかわからず混乱してしまう。

「ゆっくりでいい」

　そんな私を導くみたいに、微笑んでくれているように見えるフードさん。その姿に……胸がいっぱいになった。

　フードさんは私の拙い話を、相槌を打ちながらずっと聞いてくれた。

　あっという間にお昼休みが終わって、予鈴が鳴る。

　もう……？

　こんなに早く時間が過ぎたのは初めてで、驚いてしまう。

　楽しい時間が、終わってしまった……。

　お別れするのが寂しくて、「さよなら」のひと言が出てこない。

　次いつ会えるかもわからないから、なおさら悲しかった。

「時間だな」

「は、はい」

　お弁当箱を片付けて、立ち上がる。

　さよならって言わなきゃ……。

「明日も来る」

　重い口を開いた私よりも先に、フードさんがそう言った。

　え……！

　明日も、来てくれるの……？

「またな」

　口角を上げたフードさんは、ゆっくりと私の頭を撫でてくれた。

「は、はい……！　また明日……！」

　さっきまで沈んでいた心は、一瞬にして晴れた。

　授業が始まるため、急いで教室に戻る。

　またなって……言ってくれた……明日も来るって……。

　……やったっ……。

　明日もフードさんに会えると思うだけで、辛い学校生活
も乗り切れる。

　明日が……とても楽しみになった。

お願い

　お昼休みを知らせるチャイムの音が、鳴り響く。
「それじゃあ、今日の授業はここまで」
　先生の言葉を合図に、私はお弁当箱を持って教室を飛び出した。
『明日も来る』
　あの約束の日から、1週間が経った。
　あれから、フードさんは約束通り、毎日お昼休みに裏庭に来てくれた。
　フードさんと過ごす時間はとても楽しくて……私にとってフードさんとの時間が毎日の楽しみになっていた。
　フードさんに早く会いたくて、自然と駆け足になってしまう。
　いつもフードさんが先についていて、ベンチで待ってくれていた。
　今日も到着すると、ベンチで座るフードさんの姿が。
「フードさん……！」
　私は笑顔でフードさんに駆け寄った。
「どうした？　ずいぶん嬉しそうだな」
　えっ……。
　顔に出てしまっていたことが恥ずかしくて、「そ、そうですか？」と誤魔化す。
　はしゃぎすぎてしまっていたことに気づいて、頬が熱く

なった。

　そっと、フードさんの隣に座る。

「お弁当、急いで食べます！」

「ゆっくりでいい。気にするな」

　いつもフードさんとゆっくり話したいから、できるだけ早くお弁当を食べていた。

　フードさんは気にするなって言ってくれるけど、ただ私がフードさんと話す時間を優先したいだけ。

「あの、今日はラフさんは……？」

「あいつは寝ている」

　ラフさんは、基本的にいない日のほうが多い。

　お昼寝が好きなのか、昨日も寝ていたそう。

　眠っているラフさんを想像すると、可愛くて笑みが溢れた。

「いつも同じ弁当だが、食に関心がないのか？」

　じっとお弁当を見ながら、そう聞いてきたフードさん。

　できるだけお弁当を隠して食べるようにしていたから、見られていたことに気づかなかった。

「食べるのは大好きです……！　あ、朝は、あんまり時間がなくて……」

　食べていい食材が決まっているなんて言ったら、不自然がられるに決まってる。

　フードさんには……家のことは、もちろん話していない。

　もう誰にも話さないと決めているし、最近はお母さんも星蘭も機嫌がよく、暴力を振るわれることも少ないから穏

やかに過ごせている。

「自分で作っているのか？」

　じっと興味深そうにお弁当を見ているフードさん。

　最近……見えないけど、なんとなくフードさんの表情が読めるようになった。

「はい」

「そうか……」

　何やら、さっき以上にまじまじとお弁当を観察している。

　私のお弁当は見栄えがよくないし、見ても何も面白くないと思う。

　それに、こんな質素なお弁当を見られるのは恥ずかしかった。

　もしかして……お腹が空いているとか……？

　フードさんはいつも私と会った後に昼食をとっているそうだから、その可能性が高い。

「卵焼きでよければ、食べますか……？」

　もっといいものをあげたかったけど、このお弁当で一番ましなのは卵焼きだ。

「いいのか？」

「はい」

　お口に合うかわからないけど、フードさんにならお弁当ごと差し出したっていい。

　私はそっと卵焼きをお箸で掴んで、フードさんの口元に持っていった。

「どうぞ」

　笑顔でそういえば、フードさんはなぜか一瞬ためらった
あと、口を開いて食べてくれた。

「……うまい」

　本当かな……？　き、気を使わせていないかな……？

「だが……お前は、もう少し警戒心を持ったほうがいい」

「え？」

「どこの誰かもわからない俺のような男に……」

　簡単にお弁当のおかずを与えるなってこと……？

　それより、気になったのは「俺のような男」という部分。

「フードさんはいい人です」

　まるで、自分が怪しい人みたいな言い方だった。

　まだ出会って１週間足らずだけど……私はフードさんの
ことを信頼しているのに。

　また明日の約束を守るために、わざわざ毎日ノワールか
らブランまで来てくれているんだ。

　そんな優しいフードさんが、悪い人なわけがない。

「なんの根拠がある？」

　それなのに、フードさんは不満そうに声のトーンを下げ
た。

　私の発言の何が気に障ってしまったのだろうと、不安に
なる。

　返答に困った私を見て、フードさんは焦ったように口を
開いた。

「……違う、そうじゃない。心配になっただけだ、きつい
言い方をした」

　怒ったわけじゃなく、心配をしてくれていたんだとわかって安心する。

　よかった……フードさんに、嫌われてしまったかと思った……。

「俺はお前に危害を加えたりしない。約束する。信じてくれ」

　真剣な声色で、そう言ってくれたフードさん。

　さっきの言葉は確信に変わって、笑顔を返した。

「やっぱり……フードさんはいい人です」

「……」

　フードさんと出会ってから、毎日に楽しみができた。

　ブランでの扱いは相変わらずだけれど、それでもフードさんとのこの時間があるから、学校も楽しいと思えた。

　だから……フードさんは私にとって、救世主のような存在。

「そういえば、礼は決まったか?」

「えっ……」

　いつもの質問が飛んできて、言葉を飲む。

「ごめんなさい、まだ……」

　フードさんは毎日必ず、私にお礼のことを聞いてきた。

　もちろん、私も考えると言った手前、悩んではいる。

　だけど……ひとつだけ、恐れていた。

　フードさんがここに来てくれる理由はきっと、お礼に対しての私の答えを聞く目的のため。だとしたら……私がそのお礼を告げたら、フードさんはここに来てくれなくなるかもしれない。

　だから……いつまで経っても、返事をはぐらかしてしまっていた。

　ダメ……だよね。

　フードさんと会いたいからって……こんなふうに、つなぎとめるみたいなやり方……。

　フードさんも暇ではないだろうし、ノワールからわざわざブランまで来るのも時間がかかると思う。

「そうか……いつでもいい」

　いつだって……優しくそう言ってくれる。

　やっぱり……フードさんの優しさに甘えちゃいけない。

　お礼……早く考えなきゃ。

　そう思ったとき、ふとある案が浮かび上がった。

「フードさん……や、やっぱり、決まりました」

「言ってみろ」

　これなら……。

「私と……お友達に、なってくれませんか……？」

　お友達になれたら……また、会う約束をしてもらえるかな……？

「……それは礼になるのか？」

　フードさんの声が、戸惑っているのがわかった。

　自分が失言をしてしまったことに気づいて、後悔する。

「物でもなんでもいいと言っただろ？」

「そ、そうですよね、ごめんなさい！　もう一度考えます……！」

　困らせてしまった……。

　もっと考えて発言するべきだった……お礼でお友達に
なってもらうなんて、間違ってる……。
「違う」
　え……？
「そんな顔をさせたいんじゃない」
　私の頭に、そっと手を乗せたフードさん。
　その声色はいつもの優しいもので、呆れられたわけじゃ
ないとわかってひどく安堵した。
　よかったっ……。
「だが……そんなことでいいのか？」
　顎に手を添えて、悩んでいるフードさん。
「友人、か……」
　さっきの発言は撤回しようと口を開いたけど、私よりも
先にフードさんが言葉を発した。
「ああ、まずは友人からでかまわない」
　え……いい、の……？
　フードさんが……私のお友達に……。
　嬉しくて嬉しくて、言葉も出ない。
　生まれて初めて友達ができた。しかもその相手が……優
しいフードさんなんて……。
「ありがとう、ございます」
　胸がいっぱいで、口から出た声は震えていた。
　泣いたら困らせてしまうとわかるから、絶対に涙をこぼ
さないように下唇を噛みしめる。
　違った……涙を堪える時は、口を開けるといいんだった。

　不自然がられないように、小さく口を開けてぐっと込み上げてくるものをこらえる。

　……よし。涙がピークを越えたのを確認してから、顔を上げる。

　フードさんに、満面の笑顔を向けた。

「嬉しいです……とても……！」

　私のほうを見て、フードさんが少しの間黙り込んだ。

「……お前は変な奴だな」

　フードさんはもう一度……私の頭を撫でてくれた。

　高校に入ったら、友達が欲しいなと思っていた。

　一度は諦めたけど……まさか、こんなに素敵な人が友達になってくれるなんて。

　私は……幸せ者だ……。

　心の中で、神様にお礼を伝えた。

【Ⅲ】執着の王子

一輪の花

【side 夜明】

「フードさん……！」

　俺を見て、笑顔で駆け寄ってくる鈴蘭。

　そんなにか弱そうな体で走って……転んだら大変だ。

　心配しながら、駆け寄ってくる鈴蘭を見つめる。

　走ってくる鈴蘭を、このまま抱きとめてしまいたくなった。

　俺の前で立ち止まった鈴蘭は、相変わらず愛らしい笑顔のまま。

　とんでもない可愛さだ……。

　えらく上機嫌だが何かあったのか……？

「どうした？　ずいぶん嬉しそうだな」

　そう聞けば、俺の言葉に恥ずかしそうに視線を下げた。

　その愛らしいことと言えば……俺の心臓はいつものように、激しい衝撃を受けた。

　この世にある言葉をどれだけ並べようとも、鈴蘭の可愛さを表すことはできない。

　俺に頭を抱えさせるのは、お前くらいだ。

　鈴蘭と出会ってから、早1週間。

　日々共に過ごし、鈴蘭のことを知れば知るほど、その魅力の虜になった。

　世界中どこを探したって、こんなにも愛らしい人間はい

ないだろう。

　俺の世界はもはや、鈴蘭一色に染まっていた。

「お弁当、急いで食べます！」

「ゆっくりでいい。気にするな」

　いつも俺に気を使って、急いで食べている鈴蘭。

　急いでいる……のは十分伝わってくるが、口が小さいからか食べるのには時間がかかるらしい。

　俺は鈴蘭が食べている姿を見ているだけで満足だったから、急ぐ必要はない。

　今日も一生懸命食べている姿に、胸を打たれた。

　ただ……数日一緒に過ごして、気になることがある。

「いつも同じ弁当だが、食に関心がないのか？」

　鈴蘭の弁当は驚くほど小さく、そしていつも同じものが並んでいた。

　この学園で弁当を食べているものを見たのも初めてだが、その上……こんなにも質素な弁当を食べている。

　一応野菜も入ってはいるが、明らかに栄養バランスが偏っている。

　鈴蘭が細身なこともあり、食生活が心配になった。

「食べるのは大好きです……！　あ、朝は、あんまり時間がなくて……」

「自分で作っているのか？」

「はい。って言っても、卵焼きを焼いて、おかずを詰めているだけですけど……」

　そう言って、はにかんだ鈴蘭。

「そうか……」

　鈴蘭が作っているとわかっただけで、その弁当が輝いて見えた。

　思わず、食い入るように見てしまう。

「卵焼きでよければ、食べますか……？」

　俺の視線に気づいたのか、鈴蘭がそう提案してくれた。

「いいのか？」

「はい」

　ただでさえ量が少ない弁当のおかずを分けてもらうのは気が引けたが、この機会を逃したくはない。

　まさか鈴蘭が作ったものを食べれるなんて……今なら大嫌いな社交の場で愛想笑いを振りまけそうなほど高揚していた。

　鈴蘭が、卵焼きというものを俺の前に差し出してくれた。

　嬉しい。嬉しいが……これは間接的に……。

　曇りのない純粋な笑顔を浮かべている鈴蘭に、罪悪感を覚える。

「どうぞ」

　鈴蘭はまさか目の前の男が、自分に恋情を抱いているとは微塵も思っていないらしい。

　人生で味わったことがないほど緊張していた。

　このまま、食べてもいいものか……。

　ためらっていると、不安そうに俺を見る鈴蘭と目が合う。

　覚悟を決めて、恐る恐る口に入れた。

「……うまい」

　俺は食には関心がないが、間違いなく今まで食べたものの中で一番うまかった。

　食べたことがない料理だったが、こんなにうまい料理が存在するとは……。

　いや……鈴蘭が作ったという先入観があるからこれほどまでにうまく感じるのかもしれない。

　俺の感想を聞いて、鈴蘭は安心したように目尻を下げた。

　鈴蘭の笑顔は何よりの癒しだが、同時に心配にもなった。

「だが……お前は、もう少し警戒心を持ったほうがいい」

　数日間、鈴蘭と一緒にいただけでわかったが、こいつは人を疑うことを知らない。

　もし俺が悪い男だったらどうする。

「え？」

「どこの誰かもわからない俺のような男に……」

　何より……もし鈴蘭が俺以外の男にも、同じようなことをすれば……耐えられない。

　想像するだけで、相手の男を即刻火炙りの刑にしてしまいたくなった。

「フードさんはいい人です」

　完全に安心しきっている鈴蘭の表情に、複雑な感情になった。

「なんの根拠がある？」

　俺に信頼してくれているのは嬉しい。だが……お前はこんなにも可愛いんだ。人一倍、警戒心を持ってくれ……。

　鈴蘭が……悲しそうな面持ちに変わった。

「……違う、そうじゃない。心配になっただけだ、きつい言い方をした」

　自分の言い方が悪かったと気づき、後悔する。

「俺はお前に危害を加えたりしない。約束する。信じてくれ」

　この世の誰を裏切っても、お前だけは裏切らない。

　だから……そんな顔をしないでくれ。

「やっぱり、フードさんはいい人です」

「……」

　さっき以上に気の抜けた笑顔を前に、もう何も言えなくなった。

　俺は鈴蘭だけには強く出れないのだと気づく。なるほど、これが惚れた弱みか……。

　鈴蘭になら、何をされてもどんなことでも許してしまいそうだ。いや、許してしまうと断言できる。

「そういえば、礼は決まったか？」

　笑顔に見惚れていた自分に気づき、はぐらかすように話を変えた。

　早く鈴蘭に礼をしたいが、鈴蘭は一向に言ってこない。

　別に急かすつもりはないが……毎日問いかけるのが恒例になっていた。

「ごめんなさい、まだ……」

　申し訳なさそうに視線を下げた鈴蘭。

「そうか……いつでもいい」

　またこんな顔をさせてしまった。

　鈴蘭は自分から言わなそうだと思って、俺から聞くよう

（フリガナ）

氏　　名

住　　所　　〒

TEL　　　　　　　　　　　　携帯／PHS

E-Mailアドレス

年齢　　　　　　　　　　　性別

職業

1. 学生（小・中・高・大学(院)・専門学校）　　2. 会社員・公務員

3. 会社・団体役員　　4. パート・アルバイト　　5. 自営業

6. 自由業（　　　　　　　　　　　　　　　　　）　7. 主婦　　8. 無職

9. その他（　　　　　　　　　　　　　　　　　　　　　　　　　　　）

今後、小社から新刊等の各種ご案内やアンケートのお願いをお送りしてもよろし
いですか？

1. はい　　2. いいえ　　3. すでに届いている

※お手数ですが裏面もご記入ください。

愛読者カード

お買い上げいただき、ありがとうございました！
今後の編集の参考にさせていただきますので、
下記の設問にお答えいただければ幸いです。よろしくお願いいたします。

本書のタイトル（ 　　　　　　　　　　　　　　　　　　　　　　　　　　　**）**

ご購入の理由は？　　1. 内容に興味がある　2. タイトルにひかれた　3. カバー（装丁）が好き　4. 帯（表紙に巻いてある言葉）にひかれた　5. 本の巻末広告を見て6. ケータイ小説サイト「野いちご」を見て　7. 友達からの口コミ　8. 雑誌・紹介記事をみて　9. 本でしか読めない番外編や追加エピソードがある　10. 著者のファンだから　11. あらすじを見て　12. その他（　　　　　　　　　　　　　　　　　　　　　　　　　　　　　　　　　）

本書を読んだ感想は？　　1. とても満足　2. 満足　3. ふつう　4. 不満

本書の作品をケータイ小説サイト「野いちご」で読んだことがありますか？
1. 読んだ　2. 途中まで読んだ　3. 読んだことがない　4. 「野いちご」を知らない

上の質問で、1または2と答えた人に質問です。「野いちご」で読んだことのある作品を、
本でもご購入された理由は？　　1. また読み返したいから　2. いつでも読めるように手元においておきたいから　3. カバー（装丁）が良かったから　4. 著者のファンだから　5. その他（　　　　　　　　　　　　　　　　　　　　　　　　　　　　　　　　　　　）

1カ月に何冊くらいケータイ小説を本で買いますか？　　1. 1～2冊買う　2. 3冊以上買う　3. 不定期で時々買う　4. 昔はよく買っていたが今はめったに買わない　5. 今回はじめて買った

本を選ぶときに参考にするものは？　　1. 友達からの口コミ　2. 書店で見て　3. ホームページ　4. 雑誌　5. テレビ　6. その他（　　　　　　　　　　　　　　　　　　　　　）

スマホ、ケータイは持ってますか？
1. スマホを持っている　2. ガラケーを持っている　3. 持っていない

学校で朝読書の時間はありますか？　　1. ある　2. 今年からなくなった　3. 昔はあった　4. ない

ご意見・ご感想をお聞かせください。

文庫化希望の作品があったら教えて下さい。

学校や生活の中で、興味関心のあること、悩みごとなどあれば、教えてください。

いただいたご意見を本の帯または新聞・雑誌・インターネット等の広告に使用させていただいてもよろしいですか？　　1. よい　2. 匿名ならOK　3. 不可

ご協力、ありがとうございました！

にしていたが……自分から言ってくるまでは催促はしない
ようにしよう。

　そう決めて、鈴蘭の頭を撫でる。

　鈴蘭は、何もかも小さい。身長は平均なのかも知れない
が、顔も手も驚くほど小さく、触れるたびに実感する。

　触れると言っても、俺は頭を撫でたことしかないが……。

　俺の手で掴んで、簡単に持ち上げられそうなくらい小さ
い頭部。そんなことは絶対にしないが、華奢な鈴蘭を見て
いると守ってやらなければという庇護欲に駆られた。

　突然顔を上げて、何か言いたげな目で俺を見た鈴蘭。

「フードさん……や、やっぱり、決まりました」

　え？

「言ってみろ」

　急にどうしたんだと思ったが、鈴蘭の言葉を待つ。

「私と……お友達に、なってくれませんか……？」

　……は？

　意味がわからずそんな声が出そうになったのを、なんと
か飲み込んだ。

　友達？　礼でか……？

「……それは礼になるのか？」

　俺はなんでもやると言った。言葉通り、望むならなんだっ
て用意するつもりだ。

「物でもなんでもいいと言っただろ？」

　それなのに……形にも残らない、そんなものを欲すると
は……。

「そ、そうですよね、ごめんなさい、もう一度考え直します……！」

　一瞬、鈴蘭が泣きそうな顔をしたように見えた。

　俺はまた……。何度言葉の選択を間違えれば気が済む。

　俺に気を使わせないように、鈴蘭が無理に笑顔を作っていることに気づいた。

「そうじゃない、違う」

　鈴蘭は、俺のことを知らない。

　ただの校内の清掃係だと思っている男と……友人になることを求めるなんて、理解できなかった。

　それだけこの1週間、信頼を積み重ねられたということだとしても……欲がなさすぎる。

　これは異常だ。こいつがどうやって育ってきたのか、気になって仕方なくなった。

「友人、か……」

　正直……気は乗らない。

　男として見られていないことはわかっていたが、俺は鈴蘭と友人になることなんて望んでいないからだ。

　だが……竜牙もまずは知ることからと言っていたしな……。

「ああ、まずは友人からでかまわない」

　俺の言葉に、鈴蘭は顔を明るくさせた。

　まるで子供がプレゼントをもらった時のような無邪気な笑顔に、息が浅くなる。

　……可愛い。もう、ただただその言葉しか出てこない。

「ありがとう、ございます」

　声が震えているように聞こえて一瞬焦ったが、喜んでいる姿に安心した。

「嬉しいです……とても……」

　そんなに喜ぶなんて……変な奴だ。

　昔から、俺の周りにはありとあらゆる人間が寄ってきた。

　俺の家柄、財力……それらを狙って。

　鈴蘭は……何も持っていない、ただの俺自身を見てくれている。

　その上で、俺と友人になっただけで……大げさなほど喜んでくれる。

　自分自身でも、俺は外見と家柄だけの男だと思っていたのに……そうではないと言われているような気分になった。

　内面だけで俺に懐いてくれた鈴蘭が、ただ愛おしい。

「……お前は変な奴だな」

　友人からでいいなどとほざいたのはどこのどいつだ。

　前言撤回。今すぐ俺のものにしないと気が済まない。

「明日からも……ここに来て、くれますか……？」

　不安そうに俺を見つめてくる鈴蘭。

「ん？　ああ、そのつもりだ」

　再び嬉しそうに微笑んだ鈴蘭の笑顔はもちろん俺の心臓をたやすく射ぬけるほど可愛いが、理由がわからなかった。

　改めてそんなことを聞くなんて、どうした……？

「俺が来なくなると思ったのか？」

　鈴蘭が「あ……」と図星をつかれたように声を漏らした。

「フードさんは、そのお礼を聞きに来てくれていると思っていたので……私がお礼を言ってしまえば、来てくれなくなるかもしれないと思ってました……」

　それは……。

　俺が来なくなると思ったから、言えなかったということか……？

　……無理だ。

　やはり、もうこんな関係はじれったい。

　今、気を抜けば、鈴蘭を抱きしめてしまいそうだった。

　可愛すぎる……この世のものとは思えない……。

「お前が呼べば、何をしていても何時だろうと、どこへだって会いに行く」

　嘘や冗談ではない。鈴蘭が会いたいと望んでくれるなら、いつだって駆けつける。

「お昼休みは……これからも一緒に過ごしてほしい、です」

　恥ずかしそうに、視線を下げながらそう言った鈴蘭。

　一緒に過ごしてくれと頼みたいのは俺のほうだ。

　それに……何もない俺との時間を望んでくれるのは、お前くらいだろう。

　できるならば、ひと時だって離れたくはない。

　どうすれば、今以上の時間を鈴蘭と共有することができる？

「明日からは俺も食事を持ってくる」

　俺のひと言ひと言に、愛くるしい笑顔を見せてくれる鈴

蘭。

「私のわがままを全部聞いてくれて、ありがとうございます……」

　……待て、今のどこにわがままがあった？

　鈴蘭は一度も俺にわがままを言ったことがない。わがままの基準がおかしいんじゃないか……？

「お前のように欲がない人間は初めてだ」

　きっと鈴蘭は、何も望まない。

　欲しいものがあっても、いつもの諦めたような笑顔を浮かべるだけだろう。

　俺が……鈴蘭をわがままにさせてやりたい。

　欲しいものはなんでも与えてやりたい。これでもかと甘やかして、俺がいなければ生きていけないようにしてやりたい。

　自分の感情に、恐怖すら覚えた。

「……そんなことは、ありません」

　ほら、またゴ。

　度々見せるこの悲しげな笑顔には、一体何が込められている。

　鈴蘭は何をしていたって可愛いが、この笑顔だけは……見たくないと思ってしまう。

　何がこいつに、こんな顔をさせている。

「お、夜明おかえり！」

　昼休みが終わり、寮に戻った。

　寮には級長と級長が許可を出した生徒しか使えないラウンジがあり、今日は俺を待っていた竜牙以外にも先客がいた。

「揃いも揃ってなんだ」

　へらへら笑顔を浮かべているのは、獅堂百虎。俺を見て会釈しているのがひとつ学年が下の冷然雪兎。

　どちらも幼なじみという名の腐れ縁だ。

「なーあ、最近ついに恋に目覚めたってほんと？」

　いつもの何を考えているのかわからない表情で、からかうように言ってきた百虎。

　竜牙が余計なことを言ったのか……。

「別に恋愛ごっこに目覚めたわけではない。本気になれる女を見つけただけだ」

　フードを外して、ソファに座った。

「……え？　マジで？」

　俺の返事が意外だったのか、百虎は見たことがないほど動揺していた。

　こいつも普段はポーカーフェイスを貫いている奴だが、俺の変化には驚いたらしい。

「竜牙から聞いた時、何かの間違いだと思ったのに……うわ、マジだったのか……」

　隣に座っている雪兎も、目を大きく見開いていた。

「あなたは俺と一緒だと思ってたのに」

　一緒というのは、こいつもまた女嫌いだからだろう。

　こいつの場合は……嫌いというよりも、恐怖症か。

「まあまあ拗ねるなって雪兎！」

「うるさい」

「で、相手はなんて女の子なの？」

　雪兎の頭に手を置きながら、そう聞いてくる百虎。

『双葉鈴蘭様というべっぴんさんです！　ブランの生徒でして！』

　いつの間にいたのか、後ろで飯を食っていたラフが代わりに答えた。

「双葉鈴蘭？　んー……双葉って、なんか聞いたことあるな……」

　何？　知っているのか……？

　まあ、鈴蘭はあんなに可愛いからな。

　ノワールとはいえ、重度の女好きである百虎が知っているのも無理はない。

　もし鈴蘭のことを狙っているというなら、話は別だが。相手がこいつであろうと消す。

「なんで知ってるんだろ……思い出せないな……雪兎、知っている？」

「俺が女子生徒について知ってるわけないだろ」

「もー、お前はなんで俺にだけタメ口なの？」

「尊敬できないからに決まってんだろチャラ男」

「はぁ……まったく、可愛くないなぁ」

　どうでもいい会話を繰り広げているふたりをよそに、ラウンジの人間に昼食を頼んだ。

　腹が減った……それにしても、鈴蘭のあの卵焼きとやら

はうまかったな……。

「ていうか夜明、その子と婚約するの?」

　婚約……?

「……」

「夜明?」

「……忘れていた」

　そうだ……。

「そうか……その手があった」

　竜牙の奴、何がお互いを知ることから始めようだ。

　とっとと婚約すればいい。互いのことを知るのはそのあとでもいいだろう。

「え?　婚約制度のこと忘れてたの?」

「俺がこの胸糞悪い学園のしきたりに従うわけがないだろ」

　この学園には、独自の婚約制度がある。だが、そんな学内でしか意味のない婚約など、俺が結ぶはずがない。

「正式に、鈴蘭を俺の婚約者にする」

　そうすれば……理由がなくとも鈴蘭のそばにいれるだろう。

　鈴蘭をノワールに転級させて……四六時中そばにいればいい。

　どうしてそんなことも思いつかなかったんだ……鈴蘭に出会えたことに浮かれて、まともな思考もできなくなっていた。

「え?　正式って……学園の制度じゃなく?」

「黒闇神家の婚約者として、公表するってことですか!?」

　ふたりに返事をするのも面倒で、竜牙のほうを見る。

「竜牙、婚約の準備を進めろ」

　いずれは妻に迎えたいと思った相手だ。婚約してしまえば、鈴蘭に群がる男もいなくなるだろう。

　俺の婚約者に手を出そうとするバカなんて、この国にいるはずがない。

　黒闇神という名前を忌々しく感じていたが、まさか感謝する日が来るとは。

「ほ、本気……あれだけ婚約しないって言い張ってた夜明が……頭でも打った？」

「夜明さん……人格が変わったんですか？」

　失礼なことを抜かしているふたりは置いておいて、俺は今とても気分がいい。

　合法的に鈴蘭といる手段が見つかったからな。

「準備が整うまで、あのふたりには言うなよ」

「ですが、母上様と父上様には……」

「鬱陶しいことになるのが目に見えてる。絶対に言うな、わかったな？」

　あいつらの耳に入れば、小躍りしながら寮に突撃されるのが目に見えている。

「時期が来れば、俺が自分から話す」

　気は重いが……最終的に婚約手続きを踏むにはあいつらの同意が必要だ。

「これ、マジなやつじゃん……」

「まさか夜明が婚約する日がくるなんてなぁ……人生何が

あるかわからないな」

　雪兎と百虎は、まだブツブツ言っている。

「頑なに婚約を拒んでいた後継ぎが相手を見つけたって知
れたら、大騒ぎだね。ビッグニュースだ」

　騒ぎになるのは鬱陶しいが、鈴蘭を俺のものだと言い振
らせるのはいい。

「ひとまず、鈴蘭様についての調査を始めますね。夜明の
結婚相手にふさわしいかどうか」

　竜牙の言葉に、舌を鳴らした。

「そんなものは必要ない。あいつは俺にふさわしい」

　どちらかと言えば、釣りあっていないのは俺のほうだ。

　婚約を結ぶ前に婚約者の調査をするのは当たり前のこと
だが……そんな手順は飛ばしてしまえ。あいつは嘘も汚れ
も知らない女だ。うしろめたいことなどないだろう。

「第一、反対されても押し通せばいい。あいつを認めない
というなら、あんな家はこっちから願い下げだ」

　万が一この婚約が通らないというなら……黒闇神の名前
を捨ててもいい。

「そこまで惚れ込んでるの……？」

「夜明さんが他人の話をするだけでも違和感があるのに、
本当に頭を打ちましたか……？　変な魔力でもかけられて
るとか……」

　さっき以上に間抜けな顔をしている百虎と雪兎。ついで
に竜牙まで苦笑している。

　どいつもこいつも、うるさいな……。

「俺が他人の魔力にのまれるわけがないだろう」

　誰に向かって言っている？

「とにかく……調査が終わるまでは、相手の方にはまだ伝えないでくださいね」

「何？」

　竜牙の発言は、聞き捨てならなかった。

　明日にでも鈴蘭に、婚約の意を伝えようと思っていたからだ。

　あいつだって、突然申し込まれても困るだろう。だから、早めに心の準備をさせるためにも、とっとと伝えたほうがいい。

「正式な婚約の申し込みは、きちんと準備が整ってからでないと……！」

「待っていられるか」

「夜明が相手を見つけたのは喜ばしいですが、少し冷静になってください……！　それに、彼女も急に申し込まれても困惑するはずです！」

「……」

　確かに……一理ある。

　友人になったばかりの男に、「お前に婚約を申し込むつもりだ」と言われても……戸惑わせるかもしれない。

「困るかな？　夜明からの婚約なら、誰だって大喜びするでしょ」

「そうですよ」

　ふたりはそう言っているが、鈴蘭は俺が黒闇神の人間だ

とは知らない。それに、あいつは家柄で人を判断するような女ではない。

「と、とにかく、調査を始めますので……その期間中は、仲を深めていてください」

「……わかった」

　仕方ない……鈴蘭を困らせるのは嫌だからな。

　まずは異性として……意識させるところから始めよう。

　婚約の準備が整えば、すぐに申し込めるように。

　……そうだ、婚約指輪も必要になる。今のうちに指のサイズを聞いておくか。

　鈴蘭にふさわしい、上等の指輪を作らせよう……いや、その前に何か鈴蘭に贈り物を用意したい。

　結局、礼もできなかったからな……。

　あいつは友人になってくれればいいと言っていたが、やはりそれでは俺の気が済まない。

　何か、あいつが喜びそうなものを見繕って渡そう。

　鈴蘭が喜ぶ顔を想像するだけで、多幸感に満たされた。

初めてのお友達

「来たよ、絶世の悪女」

　いつもと変わらないクラスの光景。

「これだけ嫌われてるのに、よく学校に来れるよね」

　いつも通り、自分に向けられる憎悪のこもった視線。

「図太すぎ……」

　いつもなら、もう逃げだしたいって思うけれど……今の私は違う。

　フードさんっていう、お友達ができたから。

　周りの状況は何も変わっていないのに、こんなにも世界の色が違って見えた。

　人生で初めてできたお友達。

　今日からは、フードさんはお昼ご飯を持ってきて一緒に食べてくれるって言っていたし……お昼休みになるのがとっても楽しみ……。

　教室で孤立しているのは悲しいけど、フードさんがいると思うとそれだけで心強かった。

　友達の存在って、凄いなぁ……。

　「フードさん……！」

　お昼休みになって、走って裏庭に向かった。

　先に来て座っていたフードさんの姿を見つけて、だらしなく口元が緩む。

　運動不足だからか、息が上がっていた。

「走ってきたのか？」

「は、はい」

「ゆっくりでいい。お前を待つ時間は苦痛じゃないからな」

　フードさん……。

　ただひとり、私に優しさをくれる人。

　毎秒ごとに、フードさんが私の中で大きな存在になっていく。

　だけど同時に……不安なこともあった。

　フードさんはきっと……私の噂を知らないから、よくしてくれている。

　もし私の噂を知ったら、フードさんも……。

『お前がそんな女だと知っていたら……端から婚約など申し込まなかった』

　私のことを、嫌いになるかもしれない。

　それが……今一番恐ろしい。

　できれば……フードさんの耳に、私の噂が届きませんように。今はそう祈るしかなかった。

　暗い気持ちを隠して、フードさんの隣に座る。

　フードさんの隣には、いつもはない茶色い紙袋が置かれていた。

「フードさん、それはお弁当ですか？」

「ああ」

『明日からは俺も食事を持ってくる』

　昨日のあの言葉、本当だったんだ……。

いつもひとりでご飯を食べているのが申し訳なかったから、嬉しい。

それに、フードさんと一緒に食べたいってずっと思っていたから……。

「ラウンジにあったものを適当に包んでもらった」

「ラウンジ？」

それって、なんだろう？

わからなくてフードさんを見つめると、私から顔を背けたフードさん。

「……食堂みたいなものだ」

ノワールの食堂かな……？

私はブランの食堂にも行ったことはないけど、どんな感じなんだろう。

ノワールの校舎、いつか行ってみたいな……。

フードさんが持ってきた昼食は、サンドイッチだった。

でも、私が知っているサンドイッチとは違い、挟まれている具材が豪華だ。色とりどりの野菜にローストビーフ、マッシュポテト……かな？　食べたことがないものが多いから、詳しくはわからないけれど。

いつものようにお互いの話をしながら、お昼休みが過ぎていった。

食べ終わって、お弁当箱の蓋をする。

すると、フードさんが袋から何かを取り出して、私に差し出してきた。

「食後のスイーツだ」

「え？」

　クリーム色のものが、いくつか入っている透明な袋。

「これはなんですか……？」

「マドレーヌだ」

「マドレーヌ……！」

　もちろん、その名称は聞いたことがある。

　定番のお菓子で、物語の中でもよく出てきた。

　買い出しを頼まれた時に、お店で売られているのを見た
こともある。

　ただ……どんな味かはわからない。

「何をそんなに驚いているんだ？」

「食べたことがなくて……」

「本気か？」

　フードさんが、一瞬顔をしかめた気がした。

「食べてみろ。これはお前の分だ」

　私の……？

　ダ、ダメ……こんな高級なお菓子、受け取れない……。

「で、でも、フードさんの分が……」

「俺は甘いものは食べない。もらってくれ」

　そういえば、フードさんは以前、甘いものは好まないと
言っていた。

　もしかして、わざわざ私にくれるために持ってきてくれ
た……？

「本当に、いいんですか……？」

「ああ」

　私はマドレーヌの入った袋を、ぎゅっと握った。

「あ、ありがとうございます……！」

　嬉しい……。

　ずっと、食べてみたかったから……。

　そっと袋をあけて、ひとつ取り出す。

　マドレーヌって、こんな感触なんだ……思っていたよりも生地がしっとりしている。

　ゆっくりと、一口かじった。

「美味しいっ……」

　思わず、頬が落ちないように手を添えた。

「これ……甘くて、やわらかくて……凄く美味しいです……！」

　まさか、マドレーヌがこんなにも美味しいものだったなんて……！

「そうか。気に入ったならよかった」

　フードさんは私を見て、口元を緩めた。

　私はいつも……フードさんにもらってばかりだ……。

　いつか私も、フードさんに何かお返ししたい。

　たくさんもらった幸せの分を……。

　今日の宿題が終わり、参考書を閉じる。

　喉が渇いたから、水を飲みに台所へと向かった。

　リビングに入ると、今帰ってきたのか、大きな花束を持った星蘭の姿が。

　星蘭は疲れて帰宅したのか、持っていた花束を乱暴に床

に置いた。

「星蘭、この花……」

　せっかく綺麗な花束なのに、そんな乱暴に扱ったらダメになっちゃうっ……。

「あーこれね、ルイス様がくれたの」

　私を見て、にっこりと笑った星蘭。

　ルイス様が……？

「でも、あたし花とか興味ないし、こんなものもらっても困るんだよね」

　確かに、星蘭は昔から花や景色など、自然に興味がない。

　見ても心が動かないと、よく嘆いていた。

「どうせなら、アクセサリーとかもっと高価なものプレゼントできないのかな〜」

　落ちている花がかわいそうに見えて、そっと拾う。

「お姉ちゃん、花好きでしょ？　あげるよ」

「で、でも、これはルイスさんが、星蘭にあげたんだよ？　きっと星蘭に大事にしてもらいたいと思う」

　花は好きだけど、プレゼントは渡す相手への気持ちがこもってる。

　だから、もらうわけにはいかない。

「そんなの知らないし、花なんてもらってもありがた迷惑だから。いらないなら捨てといて」

　鬱陶しそうに顔をしかめて、ソファで眠ってしまった星蘭。

　あ、花びらが……。

　悲しくて花を見つめると、花弁が何枚か落ちてしまった。

　よく見ると、さっき床についていた部分が痛んでしまっている。

　桃色のバラの、形も美しい花びら。

　あ、そうだ。

　いいことを思いついて、散らばっている花びらを拾った。

　これをしおりにして……星蘭に渡そう。

　しおりなら、星蘭も使ってくれるかもしれない。

　せっかくルイスさんが星蘭にプレゼントしたものだから……ただ枯らしてしまうよりも、形に残すのがいいと思った。

　他の花は、せめて星蘭が見える位置に飾っておこう。ルイスさんも、そのほうが嬉しいはずだ。

　それにしても……立派な花束……。

　桃色のバラと一緒に、同じ色のラナンキュラスも混ざっている。赤に近いマーガレットや、デイジー……様々な種類の花が、お互いを引き立たせながら集まっていた。

　桃色の髪をした、愛らしい星蘭にぴったりの花束。

　時期ではない花もあるから、きっと星蘭のために取り寄せてくれたんだろうと思った。

　こんなに可愛い花束をプレゼントするなんて……ルイスさんはきっと、星蘭が大好きなんだろうな……。

　この花束に、星蘭への想いが込められている気がした。

　確か使われていない花瓶があった気がして、戸棚を漁る。

　白いシンプルな花瓶を見つけて、手に取った。

　うん、花束が華やかだから、シンプルな花瓶のほうが合いそう。

　花を見ていると、自然と口元が緩む。

「綺麗だね」

　生き生きしている花々に声をかける。花たちは、見ているだけで穏やかな気持ちにさせてくれた。

　……よし、できた。

　落ちていた花びらで、しおりが完成した。

　できるだけ可愛く作ったから、これなら星蘭も使ってくれるかもしれない。

　星蘭は普段本を読んだりしないけど、高校生になったから読む機会も増えるだろう。

　そっとリビングに行くと、星蘭がテレビを観ていた。

　お母さんたちの姿はなく、今がチャンスだと思いリビングに入る。

「星蘭……あの、これ……」

　しおりを差し出すと、星蘭は眉間にシワを寄せた。

「何よこれ」

「昨日ダメになっちゃった花びらをしおりにしてみたの。よかったら……」

「あたし本なんか読まないし、いらな……あー、まあいいや、もらっといてあげる」

　ほっと、胸をなでおろす。

　よかった、受け取ってもらえて……。

「あ、ありがとうっ……！　それじゃあ、おやすみなさい」

　それ以上返事はなかったけど、私は気分よくリビングを出ていった。

　ルイスさんの星蘭への気持ちが、少しでも報われますように……。

憎悪

【side ルイス】

俺には、校内で好む場所がある。

人気のない非常階段。静かな裏庭。そして、図書室。

本を読むのは好きだ。自分の持ち得ぬ知識を吸収できる。

知識を得るのに、最適なツールだ。

図書室は静かで、落ち着くこともあり、俺は定期的に利用していた。

しかし……最近俺の居場所が汚されようとしている。

今日もか……。

本棚の奥に、鈴蘭の姿を見つけた。放課後に図書室にくれば、いつもあいつがいる。

毎日通っているのかと思うほどだ。

そしていつも、本に夢中なのか俺には気づかない。

図書室は広いし、他に利用者もいるから気づかないのも仕方がないが……それが腹立たしかった。

俺は嫌でもあいつが目に入ってしまうというのに、あいつは俺の存在にも気づかないなんて……無礼だ。

舌打ちを堪えて、席に座る。

本を開いたが、あいつが気になって視線で追っていた。

あのあたりは……古書が多いコーナーだ。

これだけ頻繁に姿を見るということは、あいつは読書家なのか？

しかし……星蘭は鈴蘭は教養がないと言っていた。

ふっ、あいつが読むのはどうせ、おかしな恋愛物語やファンタジー小説だろう。

そう思った時、鈴蘭が手に持っている小説が見えた。

あれは……。『壮麗春歌』か……。

あの本はいい。最初は普通の純文学書かと思ったが、心理描写と情景描写が絶妙であり、初めて読んだ時は心が震えた。

だが、あいつにはあの作品のよさはわからないだろう。

鈴蘭はその小説を見つけて、心なしか目を輝かせているように見えた。

ん？　目次ではなく、わざわざあのページから開くとは……。

あの小説の一番の山は中盤のエピソード。鈴蘭は小説の中盤を開いて読み込んでいる。まるで一度読んだ小説の好きなページを読み返すように。

まさか、読んだことがあるのか……？

いや、そんなはずはない……あの小説の魅力は学のある奴にしかわからない。

あいつは本を手に、近くの席に座った。

テーブルにはすでに何冊か置かれている。

よく見ると、あいつが選んでいるものは小説以外に歴史書や哲学書など、小難しそうな書物ばかりだ。

俺も何冊か読んだことがあるものもあれば、読もうと考えていた本も入っている。

　本当に、わからない奴だ……。

「星蘭は、本は読まないのか？」

　次の日の昼食時、星蘭に声をかけた。

「え？」

　星蘭とは、一度も勉学の話をしたことがない。

　そもそも、成績はいいのか？

　俺の婚約者なら、せめて平均的よりも高い成績は維持し
てもらいたいが……。

「人並みに読みますよ？」

　人並み……曖昧な返答だな。

「愛読している読み物はあるのか？」

「えっと……『或日の奇人』とか」

　そのタイトルを聞いて、俺は目を見開いた。

「そうか……！　あの本を好むなんて、なかなかの読書家
だな」

　俺も愛読している１冊だ。

「あはは……」

「どの章が好きだ？」

「ええっと……どんな内容だったか、あんまり覚えていな
くて……」

　覚えていない？

　……つまり、そこまで好きではないということか。

　期待をして損をした……少しは話せるやつかと思ったん
だが。

「それよりルイス様、ファッションに興味はありますか？」

　目を輝かせながら、そう聞いてきた星蘭。

　ファッションか……まあ、白神家の人間として身だしなみには気をつけている。

　と言っても、家で雇っている専属のスタイリストに選んでもらっている。

「あたしが好きなのは……」

　楽しそうに、好きなブランドの話をしはじめた星蘭。

　どれも有名なハイブランドばかりだな……。

　そういえば、星蘭は身につけているものはよく見ると高価なものだ。

　いつもリボン……でいいのか、髪にアクセサリーをつけているが、それもブランドものばかり。

　変だな……。

　こいつは家族から、虐げられていると言っていた。

　そんなやつが……いつもブランド物を身につけていることに、今更ながら違和感を覚えた。

「それで、今度新作が出るんですけど……」

「すまない。呼び出されていたのを思い出した。今日はもう出る」

　そう言って、席を立った。

　ファッションブランドの話には興味がない。

　興味がないことについて話をするくらいなら、勉強でもしていたほうがマシだ。

「そうなんですか……それじゃあ、また放課後」

「悪い。今日も放課後は図書室に寄るんだ。お前も来るか？」

「あ……いえ、あたしも今日は早く帰らなきゃいけないん
でした。また明日のお昼休みに会いましょうね」

いつも、図書室には来ないな……。

まあいいが……興味のないものに触れていたくないの
は、お互い様だ。

俺は級長室を出て、ある場所に向かった。

最近来ていなかったが、裏庭は俺の避難場所のようなも
のだ。

級長室とは違う。ここは誰も寄りつかず、かつ自然を感
じられるから好きだ。

教室に戻る前にひと休みしたくて、足を向ける。

裏庭が近づいた時だった。

「フードさんは、何が好きなんですか？」

俺が知っているものとはずいぶん違ったが、すぐに誰の
声かわかった。

鈴蘭……？

「そうだな……なんでも読む。哲学書や史書、文学も好きだ」

男の声もして、聞こえたほうへ近づいた。

窓の外を見ると……そこには、ベンチに並んで座る見知
らぬ男と、鈴蘭の後ろ姿が。

……なんだ、あの男は。

制服を着ていないから、生徒ではない。黒のパーカーと
スウェット……まるで不審者のような装いだ。

一番不快に感じたのは、鈴蘭がその不審者男に笑顔を見

せていたこと。

　正直、息を飲むほど美しかった。

　だが……その笑顔は、俺に向けられたことはなかった。

　それを、こんな得体の知れない男に……。

「私もです……！　実は昨日、中学の頃に愛読していた本を図書室で見つけて……」

　鈴蘭が、嬉しそうに話している。話し方も、俺の時とは全く違った。

　いつも俺と話す時は怯えたように俯いていたくせに、今は小鳥のさえずりのような声を出していた。

「『壮麗春歌』という本なんですけど……」

　……え？

　あれを中学の時に読んだのか……？

　昨日のあれは……。

　いや……違う……。

「私、とても好きで……特に中盤のエピソードは……」

　まるで子供のようにはしゃぎながら、一生懸命話している鈴蘭。

　俺はその姿を見ていられず、背中を向けて逃げるように引き返した。

　あいつは、ああやって男をたぶらかしているのか……。

　それになんだあの男は。あんな不審な男にも愛想を振りまいて、あんな奴に向かって気を許しているような笑顔を向けて。

　どうしてその笑顔を、俺には見せなかった……。

　相手の男への嫉妬心で、感情が飲み込まれそうになる。

　そしてあのままあの場にいたら、鈴蘭の笑顔に見惚れてしまいそうな自分がいた。

　あいつは妹をいじめる、悪逆非道極まりない女……俺のことを陥れようとした女だ……。

　許さない……あんな呑気な笑顔を浮かべることも……。

　俺以外の男に、愛想を振りまくことも。

「あ、ルイス様！」

　翌日の朝。授業が始まる前に級長室で時間を潰していると、星蘭がやってきた。

　朝くらい、ひとりにしてくれ……。

　そう思ったが、星蘭に聞きたいことがあった俺は入ることを許可してやった。

　隣に座った星蘭に、開口一番問いかける。

「星蘭、鈴蘭はもう他の男ができたのか？」

　昨日のあの男……一体誰なんだ。

　少なくとも、ブランの人間ではないはずだ。

　なぜなら、ブランの男には俺が通達を出しているから。

　双葉鈴蘭には近づくな、と。

「ど、どうしてそんなことを聞くんですか？」

　星蘭は不機嫌になったのか、眉をしかめた。

「いや……」

　質問に質問を返すな……。

「もう、お姉ちゃんの話はやめてください……」

　瞳に涙をに滲ませ、悲しそうに俯いた星蘭。

「最近はますます嫌がらせが増して、ひどいんです……」

　そうなのか……？

　ここ最近はそういう話は聞いていなかったが、またエスカレートしているのかもしれない。

「あっ、そうだ……！　聞いてくださいルイス様……！　この前ルイス様がくださった花束も、お姉ちゃんに捨てられてしまったんです……！」

「……何？」

　俺も花を愛でるような趣味はないが、それでも容赦なく花を捨てるなんて心もない奴だ。

「花なんて虫を寄せ集めるだけだからって……あたし、捨てないでって泣きながら止めたのに、めちゃくちゃにされて……」

　やはり……鈴蘭は性根の腐った女。

　さっき見た……あの無邪気な笑顔は、作り物に違いない。

　俺の次は、あの男をたぶらかそうとしているのか。

　きっと今までも……ああやって男を手玉にとってきたんだろう。

　あいつがああやって可愛らしく甘えれば、相手の男は簡単に言うことを聞いただろうな。

　だが、俺はお前には騙されない……。

　星蘭は、スカートのポケットから小さな紙きれのようなものを取り出した。

「なんとか散らばった花びらを集めて……押し花にしたん

です。見てください、しおりを作りました」

　しおり……か。

「ルイス様からもらった初めてのプレゼントだから、形に残したくて……」

　微笑む星蘭が、心優しい女に見える。

　ただ同時に、違和感もあった。

　大して本を読まないだろう星蘭が、しおりを作ったのか……。

　いやまあ、そこは追及する部分ではないか。

「また花束を贈ろう」

　そんなに星蘭が花が好きだったとは知らなかった。捨てられたのなら、もう一度贈ってやればいい。

　花なんていくらでも用意できる。俺は白神家の一人息子だからな。

「いいえ、気持ちだけで十分です。花束はまたお姉ちゃんに捨てられてしまうかもしれないので……できれば、お姉ちゃんに見つからないものが欲しいです」

「見つからないもの？」

　問いかけた俺を、星蘭が上目遣いで見つめてくる。

「ネックレスや指輪なら、きっとお姉ちゃんにも見つからないと思うんです。指輪はチェーンにして、首にかけることもできますし」

　ジュエリーか……。

「まあ……ジュエリーは身分の高さを表す証明でもあるが」

　とはいえ、ジュエリーのほうが奪われる可能性が高くな

いか？

「ルイス様の婚約者として、ひとつくらい立派なものを身につけていたくて……あたし、ルイス様にふさわしい婚約者になりたいんです……！」

少し、星蘭との価値観にずれがあるように思う。

ジュエリーは身分を表す象徴として使われることももちろんあるが、身につけている物に価値を見出すのは三流以下だ。

俺にふさわしい婚約者になりたいと言うのなら……まずは立ち振る舞いや、勉学に励んでほしいのが本音だ。

「まあ、そうだな……考えておく」

寮の時と同じように、曖昧な返事をした。

ジュエリーをねだってくるとは、意外と強欲な女だな……。

こういうものは、ねだるものではなく、男に贈らせたいと思わせるものだ。

少なくとも……今の星蘭にそのような感情は抱けない。

それにしても……結局、鈴蘭のことは何もわからなかったな。

あの男が何者なのかも……。

自分が顔も知らないあの男に対して、どうしてこんなにも憎悪を抱いているのかも……この時はわからなかった。

初めてのプレゼント

フードさんとお友達になって、数日が経った。

その間にゴールデンウィークがあったから会った回数は
まだ多くないけど、少しずつフードさんのことを知ること
ができている気がする。

フードさんは私が問いかけたことに、いつも真剣に答え
てくれる。

好きな食べ物や本の話など……フードさんとする会話は
なんでも楽しかった。

教室では相変わらず、絶世の悪女として孤立しているけ
ど、今は高校生活を楽しいと感じられるようになった。

今日もいつものように登校して、席に着く。

テスト1週間前に入っているから、読書は少しお休みに
して教科書を開いた。

あいている時間は、極力テスト勉強に費やしたい。

それにしても……なんだか教室の中がいつもより騒がし
い気がする。

いつもなら誰かしらが私のほうを見てこそこそと噂話を
しているけど、今日は視線を感じない。

まるで……それどころじゃないとでも言わんばかりに、
みんな取り乱している。

「ねえ、知ってる？　黒闇神様の噂……」

黒闇神様……？

　耳をすませると、あちらこちらからその名前が聞こえて
きた。

「聞いたよ……！　黒闇神様が婚約者を見つけたって、あ
れほんとなのかな……!?」

「どうせ嘘に決まってるよ！　黒闇神様は誰とも婚約しな
いって公言しているもん!!」

「もし黒闇神様が本当に婚約者を決めたのなら……国内中
大騒ぎになるね」

　特に女の子が、顔を青くして話していた。

　黒闇神様って、どこかで聞いたことがある気がする。

　あ……確か、入学式だ。

　ノワールの級長さんの名前が、「黒闇神」様だった気が
する。

　そんな一生徒のことで、マスコミが動くなんて……。

　この学園の常識は、いつも私の常識の上をいく。テレビ
を見ないし、マスコミ誌も見たことがないからわからない
けど、彼がただの一般人ではないということはわかった。

　その人が、どうかしたのかな……。

　話の内容はよくわからないけど、私には関係ないと思い
教科書に視線を戻す。

「黒闇神様に見初められる相手って、どんな人だろう……！」

「女優とか……？　あんなパーフェクトな人と婚約できる
なんて、羨ましすぎる……！」

「……黒闇神様の話って、ブランでは禁句なんじゃなかっ
たっけ？」

224

ふと、動かしていたペンを止めた。

後ろから……星蘭の低い声が聞こえたから。

星蘭……？

いつも、教室や他の人がいる前では、笑顔を絶やさず、明るい声を繕っている星蘭。

それなのに……ひと言だけで、怒っているとわかる声色だった。

心なしか、クラスメイトたちの空気が緊迫したのが伝わってくる。

「あ……きゅ、級長には内緒にしてね星蘭ちゃん……！」

「あたしはわざわざ言ったりしないけど……ルイス様はいつあたしに会いにきてくれるかわからないから、気安く話さないほうがいいよ」

星蘭、本当にどうしたんだろう……？

「ご、ごめんなさい……」

女の子の、申し訳なさそうな声が聞こえた。

「も、もちろん、あたしたちはブランだから級長を支持してるよ……！　そうだよね！」

「う、うん！　級長と星蘭ちゃんこそがリシェス学園の理想のカップルだよ……！」

「えへへ、そうかな？」

星蘭の声が、いつものものに戻った。

驚いた……何か気に障ることでもあったのかもしれないけど……星蘭が人前で怒るのは珍しいから……。

一体何が気に入らなかったのかはわからないけど、ひと

まず機嫌が直ったみたいで安心した。

　お昼休みを知らせるチャイムが鳴り響く。一刻も早くフードさんに会いたくて、今日も急いで教室を飛び出す。

　フードさんは、マドレーヌをくれたあの日から、毎日のようにお菓子を持ってきてくれるようになった。

　もらってばかりで申し訳ないからと断ったけど、私に食べてほしいと言ってくれて、いつもお言葉に甘えてもらってしまっている。

　フードさんがくれるお菓子はどれも絶品で……初めて食べるものばかりだった。

　私も何か、お返しがしたいな……。

　でも、何かを買うお金もなければ、家の食材も勝手に使えば怒られてしまう。

　……そうだ。

　フードさんも、よく本を読むって言ってた。

　家の庭の花壇に咲いていた花で、しおりを作って……プレゼントしてみようかな……。

　しおりなんて、もらっても迷惑なだけかな……。

　だけど……私があげられるのは、そのくらいしか思いつかない……。

　それに、フードさんなら……喜んでくれるかもしれないと思った。

　よし……帰ったら、作ってみよう。

　せめて、フードさんへの感謝が少しでも伝わればいい

な……。

　そんなことを思って、笑顔がこぼれた時だった。

「……ずいぶん機嫌がいいな」

　もうすぐ裏庭に着くという廊下で、聞こえるはずのない声がした。

　この声……聞き間違えるはずがない。

　ルイス、さん……？

　ぴたりと、走っていた足が止まる。

　怖くて、振り返ることができなかった。

「こんなところでどうした？　男に会いに行くのか？」

「え……」

　低いルイスさんの声は、婚約していた時とは別人のようなものだった。

　無視をするわけにもいかず、恐る恐る振り返る。

　ルイスさんは……眉間にシワを寄せながら、私を睨んでいた。

「この前見たぞ。俺に捨てられて落ち込んでいるかと思ったが……まさかもう新しい男ができたとはな」

　見たって……私とフードさんがいるところを……？

　新しい男って、フードさんとはそんな関係じゃない。お友達だ。

「ち、違います……彼は、友人です……」

　フードさんの不名誉になると思い、誤解を解くためにそう伝えた。

　私の声は、情けないくらい震えている。

「そうだな……お前の狙いは黒闇神だと言っていたからな。あんな得体の知れない男は踏み台でしかないんだろう」

「黒闇神……?」

　いろいろと誤解があることはわかったけど、一番気になったのはその名前が出たことだった。

　今日、その人の話題で持ちきりだったけど……どうしてここでも、その人の名前が?

「とぼけるな……!　俺を踏み台にしようとしたことは知っている……!」

　踏み台……さっきから、どういう意味だろう……。

　星蘭がルイスさんに何を言ったのかわからないから、どう説明していいかもわからない。

　だけど、ひとつだけ言えるのは……。

「私、は……」

　ただ……。

　ルイスさんが、好きだった……。

　真実は、それだけだった。

「なんだ?　言いたいことがあるなら言ってみろ」

　じっと、私を見下ろしているルイスさん。

　言いたい。誤解を解きたいって、ずっと思ってたから。

　だけど……やっぱり、言えない……。

『いい?　あたしとルイス様の邪魔したら……ただじゃおかないから』

「……いえ」

　星蘭の顔が浮かんで、足がすくんだ。

怖い……。

私の返事を聞いたルイスさんは、鼻で笑った。

「そういえばお前、俺が星蘭に贈った花をめちゃくちゃに
したそうだな」

え……？

花って……この前星蘭が持って帰ってきた……？

どうやらあの花束は、私がめちゃくちゃにしたことに
なってるようだった。

あの花は持ちがよく、１週間以上経った今も枯れずにリ
ビングを彩ってくれている。

「どこまでも醜い女だ……自分に花を贈ってくれるような
男がいないから、嫉妬したのか？」

私を軽蔑しているルイスさんの目。

『名前だけじゃなく、お前のことが知りたい』

ルイスさんが向けてくれた優しい眼差しを思い出して、
私は視線を下げた。

これだけ嫌われてしまっているのに……。

まだどこかで、ルイスさんのことを想っている自分がい
るなんて……。

「すみません……」

「まあ、あの程度の花、捨てられたところでどうというこ
ともない。いくらでも用意できるからな」

え……。

まるで代わりが利くような言い方。勢いよく顔を上げて、
ルイスさんを見つめた。

「あの程度だなんて……」

　言わないで、あげてほしい……。

　あなたが星蘭に贈ってくれた花は、今も頑張って咲き続けているのに……。

「あの花は、とても……」

　綺麗な花たちは、毎日私に元気をくれるのに……。

　ルイスさんが、驚いた表情で私を見ていた。

　ハッと我に返って、言葉を飲み込む。

　余計なことを言ったらダメだ……。

「し、失礼します……！」

「あ、おい……！！」

　これ以上ルイスさんと一緒にいたら、変なことを口走ってしまいそうで……私は逃げるように走りだした。

　私は……こんなにも未練がましい人間だったんだ……。

　ルイスさんの目、まるで仇を見るみたいだった。

　あそこまで憎悪を向けられて、それでもまだ……あの時の優しいルイスさんを忘れられない。

　あの人は、初めて私を「好き」と言ってくれた。

　でも、もうルイスさんは星蘭の婚約者。いい加減、忘れなきゃ……。

　こんな感情は、不毛だ。

　溢れそうになった涙を堪えるように、下唇を噛みしめた。

　深呼吸をしてから、頬を２回叩く。

　今からフードさんに会うんだから、こんな情けない顔を

していちゃいけない。

　フードさんには、余計な心配はかけたくない。優しい人
だから……。

「お、お待たせしました……！」

　ルイスさんと話していたから、いつもよりも待たせてし
まった。

　少し見慣れてきた、フードさんがベンチに座って待って
くれている光景。

　私はいつも通り、笑顔で隣に座る。

「鈴蘭？」

　名前を呼ばれてフードさんを見ると、何か言いたげな様
子に見えた。

　相変わらず表情はわからないから、気のせいかもしれな
いけど。

「何かあったか？」

　え？

「ど、どうしてですか？　いつも通りですよ……？」

「浮かない顔をしている」

　嘘……。いつも通り、笑えているはずなのに。

　どうして見破られたのか、わからない。

「嫌なことでもあったのか？」

　優しい声色でそう聞いてくれるフードさんに、ごくりと
息を飲んだ。

　どうして……気づいてくれるんだろう。

「い、いえ……！　本当に何もありません」

「そうか……」

　フードさんには言えない、こんな話。

　言っても困らせるだけだ。それに……気分のいい話ではないはず。

　フードさんには、できるだけ私といる時間を楽しいと思ってもらいたいから……暗い話はしたくない。

「言いたくないなら言わなくていい」

　大きな手が、私の頭に乗せられた。

「でも、俺はいつでもお前の味方だ。困ったことがあれば、いつでも話せばいい」

「あ……」

「必ず力になると約束する」

　私の顔を覗き込むみたいに、こっちを見てくれるフードさん。

　見てみたい……フードさんが今、どんな表情をしているのか……。

　でも、きっと見たら、私は泣いてしまうんだと思う。

　この人が与えてくれる優しさが大きすぎて、今は涙を堪えることしかできなかった。

　味方……。フードさんは、私の……。

『大丈夫？　あたしたちは星蘭ちゃんの味方だからね！』

『星蘭ちゃんには味方がいっぱいいるんだから、安心して！』

　いつも、星蘭が羨ましかった。

　私も……一度でいいから、誰かにそう言ってもらいた

かった。

　こんなに頼もしい味方が、現れるなんて……。

「あ、ありがとう、ございます」

　泣かない……今、すごく幸せだから。

　さっきルイスさんに言われた言葉で心についた傷が、癒されていく気がした。

「フードさんのおかげで、元気が出ましたっ……」

　私に元気をくれたフードさんに、精一杯の笑顔を返す。

「あの……いつか、聞いてほしいです」

　今はまだ……何も話せないけど……。

　もしいつか、私が家を出て、その時までフードさんが私の友達でいてくれるなら……聞いてほしい。

　あの時の私は、あなたという存在に救われたんだって。

「ああ。いつでも聞かせてくれ」

　フードさんが口角を上げたのがわかって、私も笑顔を返した。

「……お前は可愛いな」

「えっ……」

　まるでひとりごとを言うように、さらりと呟いたフードさん。

　かわ、いい？

「食べるか」

　突然の発言を受け入れられない私に、フードさんは何もなかったようにそう言った。

「は、はい……」

　い、今、可愛いって言った……？

　聞き間違えかな……それとも、フードさんは私のことを妹のように可愛がってくれてるってこと……？

　確かに、私もフードさんのこと、お兄さんのように思っている節がある。

　とても頼もしくて、フードさんといると安心するから。

　ちらりと横目でフードさんを見ると、いつも通りの様子でサンドイッチを食べていた。

　やっぱり、気のせいかもしれない。……うん、気にしないでおこう。

「さ、最近、ラフさんを見かけませんね……」

　そう思ったけど、声が上ずってしまった。

　恥ずかしい……。

「ああ。俺とふたりは嫌か？」

「そ、そんなこと絶対にありません……！」

　神様に誓ってありえない……！

　フードさんと過ごす時間は、私にとって一日で一番幸せな時間。

　あ、れ……。

　本当だ……いつの間にか、フードさんとの時間が一番になってた……。

　今までは、本を読んでいる時間が一番好きって思ってたのに……。

「ラフは……俺がふたりで話したいと思っているのを察して、気を使ってるのかもしれないな」

「え？」

「今度また連れてくる」

「は、はい」

　ラフさんとももちろん会いたいけれど、元気なことを知れただけで安心した。

「そうだ、鈴蘭。渡したいものがある」

　渡したいもの……？

　フードさんはポケットから、ネイビー色の箱を取り出した。長方形で手で掴めるくらいのサイズ感。

「これは……？」

「お前への贈り物だ」

　驚いて、目を瞬かせた。

　贈り物？　プレゼント……？

「え……あの……」

「気に入らなければ捨てていい」

　捨てるなんて、そんな……！

　というより、どうして急に……それに、これはなんだろう……？

　ドキドキしながら箱を開けると……中に入っていたのは、スズランの形をしたネックレスだった。

　大きな真珠をスズランに見立てていて、とても上品なデザインだった。

　あまりにも可愛いそのネックレスに、思わず見入ってしまった。

　いや、見入っている場合じゃない。

「フードさん……いただけません、こんな……」

　見るからに高価なネックレス。きっとジュエリーに詳しくない私では、価値も計算できないくらい。

「こういうのは嫌いか？」

「そういうわけじゃ……ただ、どうして……」

「お前に何か贈りたかった」

　私に……？

　そんな……。

　私みたいな人間に、贈り物をしたかったと言ってくれるフードさんに、胸が痛んだ。

　悲しくてではなくて……嬉しすぎて。

「でも、やっぱり……いただけません、こんな高価なもの……」

　フードさんの気持ちは、すごくすごく嬉しい。

　だけど……、私は～こんなものをもらっていい立場じゃない。

「大したものじゃない」

「私……お返しするものが何も……」

　何より、私は何もあげられないから……それが心苦しかった。

　フードさんは私を見て、口元を緩めた。

「こうして俺の隣にいて、笑ってくれるだけでいい」

　どうして……。

　そんな、優しい言葉ばかり、くれるんだろう……。

「……困るか？」

「ち、違います……！」

　この人だけには、誤解されたくない。

　勘違いがないように、ゆっくりと気持ちを伝えた。

「うれ、しいです……」

　フードさんが私にしてくれること、全部が嬉しい。

　家族からいらない子だと言われ続けてきた。自分が何の
価値もない人間だということも、もう十分理解している。

　なのに、フードさんは誰もくれなかった言葉や感情を惜
しげもなくくれるから……混乱して頭の中がぐちゃぐちゃ
になってしまう。

　フードさんには私が、どんなふうに見えているんだろう。

　誰もがいらないと口を揃える私に……どうしてここまで
親切にしてくれるの……？

「じっとしていろ」

　フードさんが、箱に入っているネックレスを手に取った。

　そのまま、私の首に手を伸ばす。

　至近距離になって、思わずどきりと心臓が高鳴った。

「やっぱり、お前によく似合う」

　自分の首にかけられた、すずらんのネックレス。

　どう見てもネックレスのほうが綺麗で、私のほうが見
劣っている。

　わかっているけど……それでもフードさんの言葉が嬉し
かった。

「……鈴蘭？　泣いているのか？」

　こらえきれずに溢れた涙が、頬を濡らす。

　悲しい涙は我慢できたのに、嬉しい涙は堪えることができなかった。
「ありがとう、ございます」
　泣き顔を見られたくなくて、隠すように手で覆った。
「プレゼントをもらったのは初めてで……本当に、嬉しいです……」
　フードさんが私のために用意してくれた気持ちが嬉しくて、感謝してもしきれない。
　首元の冷たい感触を、ただ愛おしく思った。
「……初めて？」
　あっ……感動のあまり、失言をしてしまった。
「か、家族以外に……」
　家族からもプレゼントをもらったことがないと言ったら、変に思われてしまう。
　それに、今履いている靴も、制服も、お母さんとお父さんが買ってくれたものだから……そんなふうに言ったらふたりに失礼だ。
「そうか。俺が初めてか」
「一生、大切にします……！」
　死ぬまで……ううん、死ぬ時も身につけていたい。
　このネックレスは……生涯大切にします……。
「大げさだ」
　フードさんは笑ったけど、私はいたって真剣だった。

　この日、フードさんはいつものようにスイーツも持って

きてくれて、マカロンというお菓子だった。

　初めて食べたマカロンは……それはそれは、この世のものとは思えないくらい魅惑的な味だった。

無力

午後の授業は、どこか上の空だった。

可憐なすずらんのネックレス。いつもはない首筋に感じるひんやりとした感触が嬉しくて、くすぐったくて、気を抜いたら口元が緩んでしまいそうだったから、抑えるのに必死だった。

次の日の日曜日。

私はテスト勉強の合間に、庭の花壇で見つけた花びらで、フードさんのためにしおりを作った。

こんな素敵なネックレスに比べたら、価値のないプレゼントかもしれないけど……せめて何かお返しがしたくて。

フードさんは黒が似合うけど、黒い花はないから、ヤマボウシの花弁で作ったしおり。

喜んでもらえるとは思えないけど……使ってもらえれば嬉しいな……。

出来上がったしおりを見ながら、フードさんのことを思い浮かべた。

早く、明日が来て欲しい……フードさんに会いたい。

最近、そればかり考えている気がする。

首にかかっているネックレスに、手を伸ばした。

窓のガラスを鏡がわりに、ネックレスを見つめる。

何度見ても綺麗……。

　事あるごとにネックレスを見ては、頬が緩んでしまう。

　い、いけない……そろそろ勉強しなきゃ。

　来週からはもうテストなんだから。

　いい点数を取ったら……フードさんは、褒めてくれるかな……。

　想像するだけで、気力が湧き上がる。

　よし、頑張ろう。

　鉛筆を持って、勉強を再開しようとした時だった。

　勢いよく、部屋の扉が開かれた。

　私の部屋は他の部屋とは違い、扉の作りが緩いから、壊れるんじゃないかと心配になるほどの音が響く。

「あー……ムカつく!!」

　星蘭……?

　入ってきたのは星蘭で、いつも以上に苛立っている様子だった。

　私は急いでネックレスを隠すように、服のボタンを上まで止める。

「せ、星蘭、どうしたの……?」

　今帰ってきたのかな?

　昨日は学校の友達の寮部屋に泊まると言って、家にいなかった。

「どうしたのじゃないわよ……」

　ちっと、舌打ちをした星蘭。

「黒闇神様の婚約者がどうのって……どいつもこいつもうるさいわね……!!」

　黒闇神様……。

　確かに、この前からその話で持ちきりだな……。

「おとなしくあたしのこと讃えとけばいいのに……まともな婚約者も見つけられない女たちが何言ってんのよって感じ!!」

　どうやら、その噂が気に入らないみたいだった。

「あー、ムカつく。あたしが一番ちやほやされてなきゃ気が済まない」

　星蘭は苛立ちが止まらないのか、何度も舌を鳴らす音が響いていた。

　どうしよう、なんて励ませば……。

「……ねえ、それなに？」

「え？」

　星蘭が、私の首のあたりをじっと見ている。

「なんか光ってない？」

　服の隙間からネックレスが見えたのか、私は慌てて星蘭に背を向けた。

「な、何もないよ」

「は？　なんで隠すわけ？」

　星蘭が私に近づいてきて、首元を掴んだ。

　そのまま勢いよく一番上のボタンを引きちぎった星蘭によって、ネックレスが露わになる。

「……は？　本気でこれ何？　なんでこんな高価そうなもんつけてんの？」

　どうし、よう……。

　星蘭にだけは絶対にバレないようにしなきゃって思って
いたのに……。

「こ、これは……」

「……ねえ、あんた男できたの？」

　え？

「まさかと思うけど、黒闇神様の婚約相手ってあんたじゃ
ないわよね……？」

「ち、違うよ……！」

　勘違いをしている星蘭に、慌てて否定する。

　黒闇神様と呼ばれている人のことは知らないし、会った
こともない。

「まあ、あんたが選ばれるわけないか……で？　そのネッ
クレスは？」

　ネックレスの話に戻ってしまって、冷や汗が頬を伝った。

　なんて説明すれば、星蘭の興味をそらせるだろう。

「これは……お、お友達から……」

「なんであたしももらったことないのに、あんたなんか
が……」

「ていうか友達？　それ男？　あんた男といたらしいじゃ
ない」

「せ、星蘭……？」

「ルイス様に聞かれたのよ、鈴蘭はもう新しい男ができた
のかって」

　それは……。

『この前見たぞ。俺に捨てられて落ち込んでいるかと思っ

たが……まさかもう新しい男ができたとはな』

　ルイスさんに言われたセリフを思い出した。

　星蘭にまで言っていたなんて。ルイスさんは、私をどうしたいんだろう……。

　苦しめ、たいのかな……。

　ルイスさんが私を見る目にはいつだって、怨念が込められているように感じるから。

　星蘭に友達ができたことがバレたら……また、何か言われるかもしれない。

　フードさんと仲良くするなって言われるのだけは……絶対に嫌だ。

　それだけは……。

「と、友達だよ……！　それに、学校の生徒じゃないよ」

「あっそ」

　興味がなさそうな返事に、少しだけ安心した。

　学校の生徒じゃないというひと言が大きかったのかもしれない。

「でも、あんたが楽しそうにしてるのは許せないのよね」

　え……？

　じっと、私の首を見つめている星蘭。

　その口角が、意味深に吊り上がった。

「ねえ、それちょうだい」

　一番恐れていた事態になり、血の気が引くのを感じる。

「それ、は……」

「何よ、いいでしょ？」

　にやりと微笑む星蘭の笑顔が恐くて、ネックレスを握った。

「あんた、いつもなんでもくれるじゃん。——ルイス様もさ」

　そんな、物みたいな言い方……。

「お願い、このネックレスだけは……」

　これだけは、取らないで。

　フードさんからもらった、大切な物なの。

　初めて誰かが、私を想って選んでくれた……プレゼントなの。

「……他の物ならなんでも渡すから、これだけは取らないでっ……」

　星蘭に懇願する。

「これからもちゃんと星蘭の言うこと聞くって約束するから……なんでも言うこと聞くから……お願い……」

　他の物なら、なんでもと取っていいよ。何も望まないから、お願いだから見逃して。

「そんなに大事な物なの？」

　何度も首を縦に振った。

　星蘭が、はぁ……と大きくため息をつく。

「わかったわよ……」

　ほ、ほんとに……？

　安心して、ほっと安堵の息をつく。

　星蘭への感謝の気持ちで、いっぱいになった。

「星蘭、ありがと……」

「——だったら、なおさら貰っておくわ」

え……？

私の感謝の言葉を遮るように、そう言った星蘭。

待って……。

私は星蘭から逃げるように、一歩二歩と後ずさる。

「星蘭……お願い……」

近づいてくる星蘭が……まるで恐ろしい怪物に見えた。

「早く渡しなさいよ」

星蘭の手が伸びてきて、ネックレスを掴んだ。

嫌っ……。

とっさに、星蘭の手を振り払ってしまった。

パシッという音が響いて、星蘭が手を引っ込める。

「あっ……ご、ごめんね……」

どうしよう……星蘭の手を振り払っちゃった……。

こんなことは初めてだったから、私はこのあと星蘭がどんな行動をとるのか、怖くてたまらなかった。

「何すんのよ!!」

案の定、ヒステリックな声で叫んだ星蘭。

どうしよう……どうしよう、どうしようっ……。

「あたしに傷がついたらどうするの!!」

星蘭に突き飛ばされて、床に倒れる。星蘭は衝動のままに、私の体を叩いたり蹴ったりと繰り返した。

「ご、ごめんなさい……!　星蘭、ごめんなさい……!」

痛い……やめ、てっ……。

「星蘭!?　叫び声が聞こえたけど、どうしたの……!?」

叫び声が聞こえたらしく、お母さんまで現れてしまった。

　全身が異常なくらい震えはじめて、春なのに凍えるくらい体が冷え切っていた。

　この先、自分の身に何が起きるのか、容易に想像ができたから。

「お母さん……こいつが殴ってきたの……」

「なんですって……‼」

　顔を真っ赤にして、私を見下ろすお母さん。

　怒りからか、目も充血している。

　息が浅くなり、視界がぼやけはじめる。

「何してるのよ‼」

　痛みを堪えるために、自分の体を抱きしめた。

　星蘭よりも強い力。お母さんの一撃一撃に、私への憎悪が込められている。

「お母さん、や、やめてくださいっ……」

「うるさい‼　あんたが悪いんでしょう‼」

「ごめんなさい……ごめんなさい……！」

　痛い、苦しい、痛い……。

　誰か……。

　「お母さ……ごめん、なさい……」

　どれだけの間、痛みを堪えていたかわからない。

　もう感覚も麻痺してきたのか、痛みすら感じなかった。

「今度同じようなことしたら……もっとひどい目に遭わせてあげるからね」

『はい……ごめん、なさい……』

　捨てゼリフのようにそう言って、お母さんは部屋を出て行った。

　ダメだ……もう、動けない……。

　体のどこにも、力が入らない……。

「はーあ、あんたってほんとに学習しないわね〜」

　ぼんやりと、星蘭の楽しげな声が聞こえる。

「それじゃあ、これはもらうわね、お姉ちゃん」

　あっ……。

　私の首から、冷たい感触がなくなった。

　なんとか首を動かして星蘭のほうを見ると、すずらんのネックレスを持って不敵に微笑んでいる。

　ま、って……。

　お願い……。

　部屋から去っていく、無情な足音だけが聞こえた。

『お前に何か贈りたかった』

『こうして俺の隣にいて、笑ってくれるだけでいい』

　フードさんの優しい声が、脳裏をよぎった。

『やっぱり、お前によく似合う』

「フード、さん……」

　初めてもらった、大切なプレゼントだったのに……。

　もう……フードさんに、顔向けできない……。

　あなたがくれたプレゼントさえ守れない、私なんか……。

「……ごめん、んなさい……」

　自分が情けなくてボロボロと涙がこぼれ落ちた。

　それを拭う力ももう残っていなくて、体も顔も、ぐちゃ

ぐちゃだった。

「ごめ……なさい……」

　私は次の日から……お昼休みに裏庭に行くのをやめた。

【Ⅳ】 本物のシンデレラ

調査結果

【side 夜明】

　昼休みが終わって、寮に帰る。

　今日も、来なかったか……。

　ある日を境に、裏庭に現れなくなった鈴蘭。

　鈴蘭の身に何か起きているのかもしれないと思い、出席を確認したところ、学校には来ていることがわかった。

　つまりは……俺に会いたくない理由があって、意図的に現れなくなったということだ。

　俺が何かしてしまった、か……。

　ただ単純に、嫌われてしまったという理由なら納得ができる。

　しかし……どうしても違和感があった。

　鈴蘭は、俺のことをずいぶん信頼してくれていた自覚がある。

　懐かれていたとも思う。それは多分、妹が兄を慕うような感覚ではあっただろうが。

　俺が何かヘマをしていたとしても、信頼を完全に失うということは考えにくい。

　それに……鈴蘭は、理由もなく突然来なくなるような人間ではないと思った。

　何か、俺に会えない理由があるのか……？

　考えてもわかるはずがないが、鈴蘭が来なくなってから

延々と悩んでいた。

とにかく、もう限界だ。

鈴蘭に会いたい。これ以上鈴蘭に会えない期間が続けば、鈴蘭が不足して死にそうだ。

「戻った」

「おかえりなさいませ、夜明」

寮に入り、いつものようにラウンジのソファに座る。

ん……？

俺の帰りを待っていた竜牙が、暗い表情で近づいてくる。

なんだ……。辛気臭い顔をして。

こいつはいつも何を考えているかわからない笑顔を常に顔に貼り付けている男。

そんな奴が、神妙な面持ちをしていることに、嫌な予感がした。

「夜明。話があります」

竜牙はそう言って、分厚い封筒を俺に渡してきた。

「双葉鈴蘭さんの調査結果が出ました」

やっとか……。

いつもなら１週間ほどで結果が出るというのに、今回は時間がかかっていたから待ちくたびれた。

これで、正式に婚約の手続きを踏める。

俺は竜牙からそれを受け取り、封を開けた。

中に入っていた数枚の書類。

その調査結果に書かれていた内容に、目を疑う。

「……これが、双葉様の調査結果になります」

なんだ、これは……。

「……ふざけるな」

書かれていたのは、鈴蘭の数々の悪行だった。

双子の妹がいて、その妹を物心ついた時からいじめている。その内容も詳しく記載されていて、どれも胸糞悪くなるようなものだった。

そして、入学してすぐに白神ルイスに婚約を申し込まれたこと。たったの１週間で、破棄されたことなども書かれていた。

俺はその書類を、床に投げ捨てた。

「全て偽りだ」

ありえない……鈴蘭が、こんなことをするはずがない。

あいつは誰よりも、心優しい女だ。

こんなふざけた調査結果を、よくも俺に提出できたな。

感じたことのないほどの怒りがこみ上げ、破壊衝動に襲われた。

今すぐこの寮ごとぶち壊してやりたい。

俺を見て、竜牙が頭を下げた。

「……夜明。これは事実です」

まるで俺をなだめるような言い方。

「調査員と私の意見を単刀直入に言うと……彼女との婚約は、認められません」

「……黙れ」

俺は魔力を放ち、そばにあった花瓶を壊した。

陶器が割れる音が、静かなラウンジに響く。

「その調査員はクビにしろ。鈴蘭がこんな女なわけがない」

　俺はこんな調査結果は認めない。

　この目で見て、同じ時間を共有したからこそわかる。

　鈴蘭はこんな愚かな行為をする女ではない。この命に代えて、誓ってもいい。

　というか、これは噂話の一種か……？

　鈴蘭はこんな冤罪をかけられているのか……？

　あいつの身の周りで、一体何が起きている？

「……認めたくないのはわかります。でも、これが結果です」

　淡々と繰り返す竜牙に、俺はただただ失望した。

「……お前は信じるんだな？」

「結果が全てです。うちの優秀な調査員が、虚偽の報告をするとも思えません」

　確かに、司空家の調査員は優秀な魔族が揃えられている。……はずだった。

「俺は鈴蘭をその紙切れに書かれているような人間ではないと言っている。お前は俺と調査員の言葉、どちらを信じる？」

「気持ちはわかりますが……彼女は……」

「質問に答えろ」

　ぐだぐだと煮えきらないことばかり言っている竜牙の言葉を遮り、そう問いかけた。

　竜牙は一瞬俺を見たあと、気まずそうに視線を下げる。

「私は、調査結果が正しいと思います」

　そうか……。

　竜牙は優秀な人間だ。俺がそばにいることを許していたほど。

　だが、俺も過信していたらしい。

「ならばもういい。金輪際俺に近づくな」

　俺の言葉を信じない従者など、必要ない。

　鈴蘭を疑う人間など……俺のそばから失せろ。

「夜明？　それは……」

「俺の言うことも信じない、お前のような従者は必要ない」

「待ってください……きちんと話しましょう」

「話すことなどない」

『ラフもこのような結果、信じませんぞ！！』

　律儀に落ちた紙を読んでいたラフが、全て読み終わったのか珍しく怒りを露わにしていた。

『鈴蘭様は聖女のように優しいお方です……！　いじめられていたわたしを助けてくださったんですよ……！！』

　……そうだ。あいつの慈心を、わかっている奴がいてまだよかった。

『あのような優しい方が……絶世の悪女など、ありえません……！！』

　調査書に書かれていたその蔑称（べっしょう）。鈴蘭とはかけ離れている通り名だ。

　あいつがブランで悪女と呼ばれているのはわかった。

　あいつが悪女というなら……あいつをそう呼ぶ世の中が狂っている。

　何か、陰謀があるに違いない……。

　鈴蘭がそう呼ばれるようになった要因が。

「ラフ、頼めるか」

　俺の言葉に、ラフは目を光らせた。

　本当は……鈴蘭に対して、ラフの能力を使うことは避けたかった。勝手に記憶を見られるのは鈴蘭も嫌だろう。プライバシーもある。

　だが……今回ばかりは、ラフの力に頼るしかない。

『任せてくださいご主人！　今がラフの能力の見せ所でございます‼』

「頼んだ」

　方向音痴なあいつが、まっすぐにブランの方向へと飛んでいく。

　今日ほど、ラフの存在を頼もしく思った日はない。

　あいつが鈴蘭から記憶を写し取ってきてくれれば……全て判明する。

　やはり、あいつは最高の使い魔だ。

「夜明、私もこんなことを言うのは心苦しいですが……あなたは騙されています。彼女は……」

「司空」

　勝手に話しはじめた愚かな魔族の名前を読んで、話を止めた。

「さっき、俺は黙れと言ったんだ。頼むからそれ以上何も言うな」

　今は、お前の声すら聞きたくないんだ。

「燃やし尽くしてしまいたくなる」

　いつもなら魔力をコントロールできるが、今日はタガが外れそうだ。

　あと少しでも刺激されれば……自分がどうなるかもわからない。

　この世で最も愛おしい存在を否定され、自分を抑えられそうになかった。

「夜明……長年連れ添った俺よりも、彼女を信じるというんですか？」

　喋るなと言った俺の言葉が聞こえないのか、こいつは。

　まあいい、これが最後だ。答えてやろう。

「お前が長年積み重ねてきた俺の信頼を、一瞬にして壊したからな」

　お前のことは信頼していた。……数刻前まではな。

「出ていけ」

　こいつのほうを見ることもせず、それだけ言った。その顔を視界に入れるのも苦痛だった。

「……失礼します」

　俺の怒りを察したのか、ようやく出ていったあいつ。

　俺は怒りを鎮めるため、大きく息を吐いた。

　今はラフの帰りを待つ。ラフの記憶さえあれば、俺が鈴蘭の無実を証明できる。そうすれば、誰も鈴蘭を疑わないだろう。

　最も恐れられている悪魔の能力を疑うような愚か者はいない。

　鈴蘭……今頃お前は、どう過ごしている。

　ブランで非道な扱いを受けているのではないかと思うと、心配でたまらない。

　全ブラン生を、今すぐ抹消してやりたくなった。

　どれくらい時間が経ったかと思い時計を見ると、まだラフが飛び立ってから10分ほどしか経っていなかった。

　ああ、焦れったい……俺は何もできないのか。

　待つだけしかできない自分にさえ苛立つ。

　舌を鳴らした時、ラウンジの扉が開いた。

　ラフはわざわざ扉から入ってくるようなことはしないため、ラフではないことは見なくともわかった。

　誰だ……。

「なになに、さっき竜牙くんと会ったけど、喧嘩でもしたの?」

　百虎か……。後ろには、雪兎の姿もあった。

「黙れ。お前たちには関係ない」

「こっわ!　心配して来てあげたのに」

「大丈夫ですか、夜明さん」

　心配しているのかからかいに来たのか……わからない奴らだ。

　百虎のほうは、からかいに来たに決まっている。

　今はこいつらに付き合っている余裕はない。

　鈴蘭のことで頭がいっぱいだった。

「出ていけ。今は忙しい」

「まあまあ、俺たちとも話そうよ」

　気遣いもできない男だ。こいつが女にちやほやされてい

る理由が全くわからない。顔と家柄しかない証拠だ。

「竜牙くんから聞いたよ……調査結果」

百虎の言葉に、俺は視線を移した。

百虎は、普段の間抜けな面ではなく、真剣な表情をしていた。

「……何が言いたい？」

「夜明が認めたくないのはわかるけど……司空家の調査員が、でたらめを書くとは思えない」

「……」

「それに俺、思い出したんだよ。双葉鈴蘭って、あの子でしょ？　白神の婚約者の姉。絶世の悪女って呼ばれてるの、知ってる？」

「……」

「俺も……最近知りました。俺の耳にまで入ってきたってことは、相当ひどい女だと思います」

「うんうん。噂が確かなら……とんでもない女だよ」

驚いた。

俺の周りは、こんなにもバカだらけだったのか。

「……お前たちまで、俺を失望させるのか」

「え？」

百虎と雪兎が、戸惑いながら俺を見ている。

「あいつはそんな女ではない」

お前たちは会ったこともないからわからないだろうが、俺はこの目で見てきた。

「誰よりも心優しい、尊ぶべき女だ」

　あいつを悪女だなんだと、世間が騒ぐなら……俺がこの世界ごと滅ぼしてやってもいい。

　誰がなんと言おうと、あいつはこの世で最も尊い存在だ。

　世界を天秤にかけたとしても、この考えは揺るがない。

「騙されてるんだって」

　呆れたように、百虎がため息をついた。

「夜明は恋愛経験浅いから、仕方ないだろうけどさ」

「その女とは関わらないほうがいいですよ」

　雪兎まで、バカげたことを抜かしている。

「きっと今頃ほくそ笑んでるよ、黒闇神夜明が釣れたって」

　勝手な想像をして笑っている百虎が、俺には愚かに見えて仕方がなかった。

「いい加減にしろ」

　さっき少しは鎮まったはずの怒りに、再び支配されそうになる。

「これ以上鈴蘭を侮辱してみろ。殺すぞ」

　今日は物騒な発言ばかりさせられるな……俺をイラつかせる奴ばかりだ。

「はは……殺すって、そんなにキレるなよ」

　ヘラヘラ笑っている百虎を見たまま、指を鳴らした。

「うわ……！」

　散らばっていた調査書類が一瞬にして燃え上がり、全てが灰になる。

「危なっ……」

「お前、さっきから何を笑っている？　俺が今まで冗談を

口にしたことはあるか？」

「わ、悪い悪い……言い方が悪かった」

「出ていけ。今からお前たちは他人だ。それ以上でも以下でもない」

　竜牙も、百虎も、雪兎も……お前たちのことを、曲がりなりにも友人だと信じていた。

　お前たちが鈴蘭を侮辱するなら、俺も認めよう。

　お前たちを信頼した俺は愚かだったと。

「夜明さん、冷静に話し合いましょう……」

「俺は冷静だ」

　それに、これ以上お前たちと話すことはない。

「……長年積み重ねてきた友情より、出会ったばっかの女を取るの？」

　感情の読めない目で、俺を見ている百虎。

　どいつもこいつも同じことばかり言うのか。長年友情を積み重ねてきた俺を失望させたのはお前たちのほうだ。

「ああ。低俗な噂に惑わされるような学友は必要ない」

　魔族の誇りもない。俺も誇りなんてものは持っていなかったが、こいつらよりはまだマシだろう。

「完全に女に騙されるタイプだよ、これ……」

「いいように使われてから振られても、泣かないでくださいよ」

　呆れているふたりを、今度こそ殺してやろうと思った時だった。

『ご主人……！』

　窓から入ってきた、待ち望んだラフの姿。

　方向音痴なため、もっと時間がかかると思ったが……もう戻ったか……！

『記憶を持って帰ってきました！』

「よくやった。すぐに見せろ」

　今日はラフの欲しい物を全て用意してやろう。

　学友は全て捨てたが、使い魔との信頼関係は深まった。

「記憶って、例の女の子の？　俺も見たい」

「…………」

　こいつらは付き合いが長かったため、俺とラフの能力を知っている。

　見せてやる義理など少しもなかったが、見せない理由もなかった。

　むしろ、記憶を見せればこれ以上何も言ってこなくなるだろう。

　黙らせるためにも、最後の餞別としてくれてやる。

　早速記憶を再生しようとした時、ラウンジの扉が開いて出ていったはずの竜牙が入ってきた。

「……私にも、お願いします」

　表情からして、こいつが鈴蘭を疑っている状態なのは変わらないらしい。

　記憶を見れば、俺が謝るとでも思っているのか。

　間違っているのはお前たちのほうだと、口に出すのも面倒で心の中で吐き捨てた。

　俺は目をつむり……鈴蘭の記憶を再生した。

真実

【side 夜明】

　目をつむってすぐに見えたのは、見知らぬ家の内装。

　これは……いつ頃の記憶だ?

　鈴蘭の記憶だから、視界は鈴蘭のものだ。

　鈴蘭の目に映っているのは……30代くらいの女と、初等部くらいの女。まだ幼いそいつは、どこか鈴蘭に似ている気がした。

『星蘭は可愛いわぁ……』

　星蘭……?　鈴蘭の双子の妹か。

　調査書に書いてあった。鈴蘭が、幼少期からこいつをいじめていると噂が立っているらしい。

　少しずつ、状況が読めてきた。

　ここは鈴蘭の家で、この女性は鈴蘭の母親だろう。

　母親は鈴蘭の妹を自分の隣に座らせて、食事を取っている。

　状況は把握できたが、同時にわからないことが一気に増えた。

　どうして鈴蘭は、離れたところから家族を見守っている?

　それに、この視界……床に座っているのか?

　疑問を晴らすためにも、映像の再生を続ける。

　母親と思わしき人物は……なぜか、こっちを睨みつけた。

憎悪のこもった目で。

『星蘭はこんなにも可愛いのに、鈴蘭はどうしてこんなふうになったのかしら』

　……何？

『ふふっ、ママ、お姉ちゃんに言ってもどうしようもないよ』

　まるで、鈴蘭をバカにするような言い方に、怒りがこみ上げる。

　なんなんだ、こいつらは……家族ではないのか？

　どうして、揃いも揃って鈴蘭に対して、愛情のかけらもない態度を取っている？

『顔も……あんたはあの人に似て忌々しい……その顔を見ているだけで吐き気がするわ』

　母親はそう言って、こっちへと近づいてきた。

　……待て。本当に、なんだこの映像は。

　この記憶は、鈴蘭の幼少期のもの。双子なのだから、映っているこの妹と年は同じだろう。

　歩み寄ってきた母親が……あろうことか、鈴蘭の髪を掴んだ。

　視界が激しく揺れ、滲んでぼやけている。

　鈴蘭が泣いているのだと、すぐにわかった。

『ご、ごめんなさい……』

『謝れば済むと思ってるの!?　あんたのせいで、あたしがどれだけ苦しめられてるか……』

『ごめんなさい、ごめんなさいっ……』

　おい……やめろ……。

　なんだ、これは……。

　鈴蘭は……こんな幼少期を、過ごしてきたのか……？

　そのあとも、家庭内での鈴蘭の悲惨な扱いが映像として流れた。

　こみ上げる怒りをこらえるために血が滲むほど手を握りしめ、指が１本折れたのがわかった。

　こんなものは治癒能力ですぐに治せる。痛くもかゆくもない。

　それよりも……鈴蘭の記憶が痛々しすぎた。

　妹をいじめているという噂が嘘なことくらいわかっていた。きっと誰かがデマを流しているか、妹が立場を逆にして吹聴しているんだろうとも予想していた。

　だが……こんなひどい扱いを受けていたなんて、想像していなかった。

　あんなにも優しい、鈴蘭が……。

『鈴蘭ちゃん』

　学内での映像に切り替わって、ひとりの大人が近づいてきた。

『先生……』

　鈴蘭の担任か……？

『ねえ、もしかしたらなんだけど……あの噂は、本当は逆なんじゃない？』

『え？』

『鈴蘭ちゃんが星蘭ちゃんをいじめているって……先生はそうは思えないの』

　どうやら、鈴蘭の優しさに気づいた人間がいたらしい。

　その女教師は、心配そうにこっちを見ていた。

『いつも荷物も傷んだものばかりだし……何か理由があるんじゃない?』

『せ、先生……私……』

　鈴蘭はその教師に、家での状況を説明した。

　説明と言っても軽いもので、あれだけのことをされているにも関わらず、決して家族のことを悪くは言おうとしなかった。

　ただ、家族が怖いと……家に帰りたくないと伝えた。

『あんた……告げ口したわね?』

　映像は家に変わり、顔が赤く染まるほど怒りをあらわにした母親が鈴蘭に詰め寄る。

『えっ……?』

『虐待されてるとでも言ったの?　あんたなんかを育ててやったあたしたちを、悪者扱いしたのね?』

『違う、おかあさ……』

『お母さんなんてあんたに呼ばれたくないわ!!』

　母親は鈴蘭の髪を鷲掴みにして、床に叩きつけた。

『やめてください……!　痛い……痛いっ……!』

　……一度、止めるか……。

　もう1本指が折れた。怒りのあまり能力がコントロールできなくなりそうで、自身を制するように息を吐く。

　いや……俺は、一刻も早く真実を知らなければいけない。

　部屋とは言えないくらい狭い部屋。

　鈴蘭の視界はおぼろげで、衰弱（すいじゃく）しているのがわかった。

『お母さん……何か食べる物、くれませんか……』

　……食べ物もろくに与えられていないのか……？

『ごめんなさい……せめて、水だけでも……』

『うるさいわね‼』

　母親はあろうことか、鈴蘭にコップに入っていた水をかけた。

『う、っ……』

　視界が暗くなる。鈴蘭が……床に顔を押し付けられたから。

『ごめ、なさい……ごめんなさい……』

　俺は、どうして……。

『許してください……もう絶対、しません……お願いします……っ』

　……もっと早くに、鈴蘭を見つけられなかったんだ。

『余計なことしたら……また同じ目に遭わすわよ？』

　数日経ったのか、鈴蘭の視界は鮮明になっていた。

『はい……わかりました……ごめんなさい……』

　朝のリビングで、母親に頭を下げている。

　ずっと思っていたが……鈴蘭の父親は、育児放棄でもしているのか？

　いつもリビングの記憶の時に同席はしているが、一度もこっちを見ない。たったの一度も、目が合ったことがない。

　妹と母親に対しては愛想よく対応しているが、鈴蘭に対

しては……まるで存在を無視しているようだった。

『あ、お姉ちゃん、溜まってる宿題全部やっておいてね～。夏休みの宿題、1ページも手つけてないから』

　妹は鈴蘭の前に、教科書やら参考書やらを積み上げた。

『う、うん』

『明日までだから急いでよ』

　鈴蘭をまるで奴隷のように扱い、時には暴力も振るうこの女。

　これが俺の視界であったならば、今すぐに燃やし尽くしてやりたい。

『あ～、今日から学校とか考えたくない』

『夏休みがずっと続けばいいのに～』

『ていうか、知ってる？　西村先生やめたらしいよ』

　視界がびくりと揺れた。鈴蘭が驚いているのがわかる。

『嘘！　なんで？　じゃあ担任変わるってこと？』

『優しかったのになぁ』

　鈴蘭は立ち上がって、人影のない裏庭へと移動した。

『先生……』

　まさか……鈴蘭の親が解雇させたのか？

『ごめんなさい……先生、ごめんなさいっ……』

　その場にしゃがみこみながら、悲痛な声を漏らす鈴蘭にただただ心が痛む。

　お前は何も悪くない。

　この時の鈴蘭を抱きしめてやれないことが、悔しくてた

まらなかった。

『双葉姉妹って、本当に正反対だよね』

『妹はあんなに優しいのに、どうして姉のほうはここまで性格がひん曲がっちゃったんだろ』

『いくら美人でも、妹をいじめるとかシンデレラの義姉みたい』

『いっつも無表情でにこりともしないし……性格の悪さが滲み出てるよね』

『他の人間のこと見下して生きてそう』

『わかる』

　ああ……そうか。

　ずっとこうやって生きてきたのか。

　鈴蘭の記憶の中で、鈴蘭が噂を否定したのは唯一担任の前でだけだった。

　そのあとはもう否定することさえ諦めたのか、鈴蘭はただひとりで、全ての嘘を受け入れていた。

『寒いよ……』

　鈴蘭の部屋は、まるで人が住むような場所ではなかった。小屋のような小さな部屋で、薄い布団を敷いて眠っている。

　ベッドさえも用意されておらず、部屋にあるのはその布団と、古びた机だけ。

　カーペットも何もない部屋で、本を読むか、勉強をするか、それだけだった。

『星蘭、誕生日おめでとう！』

　廊下から、リビングを覗いている。

　鈴蘭の視界に映るのは、幸せそうな"3人家族"の光景。

『わ～！　ありがとう！』

　親からぬいぐるみと、アクセサリーのプレゼントをもらった妹は、嬉しそうに微笑んでいた。

　その笑顔が、ただただ憎い。

　鈴蘭と妹は双子だ。鈴蘭の家では……どうやら鈴蘭の誕生日は祝わないらしい。

『私も……ぬいぐるみ、欲しいな……』

　部屋に戻った鈴蘭は、布団に丸まった。

『私は……』

　視界がまた、ぼやけていく。

『生まれてきても、よかったのかなぁ……』

　俺を支配している怒りは、鈴蘭の周りにいる人間へのものなのか、それとも無力な自分自身へ向けられたものなのか、わからなかった。

　こんなにも自分が無力に思えたのは、初めてだった。

　鈴蘭の家族が一体どんな事情があって、鈴蘭のことを毛嫌いしているのかはわからない。だが、どんな理由があったとしても、俺はこいつらを許せないだろう。

　これは……ブラン棟の校舎……？

　非常階段から出ようとした鈴蘭の前に現れたのは、白神だった。

　視界に映る白神の顔は、見たことのない表情になっていた。

　完全に、恋に落ちた男の顔に。

『君に……一目惚れした』

　調査書には大体のことが書かれていたからわかってはいたが、いざ他の男に婚約を申し込まれている光景を見ると、さっきとは違う黒い感情が湧き上がる。

『俺と、婚約してくれ』

　ただの醜い嫉妬だ。

『お前のことを大切にする。だから……俺の手をとってくれ』

『は、い……』

　大切にする？

　調査書を読んだから、俺は知っている。こいつが鈴蘭との婚約を破棄して、あの忌々しい妹を選んだことを。

　どういう経緯だったかは……もう見なくとも、大体の想像はつく。

『部屋に行く前に、こっちへ来なさい！！』

『は、はい』

『ねえ、どういうことなの……？』

『あの、なんのことか……』

『白神ルイスのことに決まってるでしょ！！』

　発狂し、持っていたクッションを鈴蘭に投げた妹。知れば知るほど醜い女だ。

『あんた、どうやってルイスさんのことたぶらかしたのよ……！！　あたしが狙ってたのに……』

『星蘭のおかげで入学できたのに、星蘭の邪魔をするなん

て……どこまでも卑しい子ね‼』

　おかげだと？

　ぬかせ、逆だ。こいつが鈴蘭のおこぼれでももらったんだろう。

『何ぼうっと見てるのよ……謝りなさいよ‼』

　母親が、鈴蘭の髪を掴んだ。

『……っ！　い、いやっ……ごめんなさい……！』

　自分が愛している女が暴力を振るわれる光景を、あと何度見せられるんだろう。

『ごめんなさい……ごめんなさいっ……！　やめて、ください……っ』

『今すぐに、婚約を解消するように頼みなさい‼』

『お母さん、魔族に解消を申し出ることはできない決まりなの。それをしたら、うちも処罰を受けるわ。……あたし、入学前からルイスさんのこと好きだったのに……』

『星蘭……ああ、かわいそう……』

　母親が、鈴蘭を睨みつけた。

『あなたなんか、産まなきゃよかったわ……！』

　鈴蘭の顔が見えないが、きっと深く傷つけられただろう。

　俺と違って、感受性も豊かで、いつも言葉のひとつひとつに一喜一憂している。

　そういえば……いつも俺が気遣って声をかけると、まるで噛みしめるような仕草を見せていた。

　なんてことのない言葉ばかりだったが、鈴蘭はいつも喜んで、時折泣きそうな顔をしていたことを思い出す。

　きっと、周りにいる人間から傷つく言葉ばかりを投げられていたから……俺の些細な言葉さえ、喜んでくれていたのかもしれない。

　そう思うと、ますますこいつらへの怒りが溢れて止まらなかった。

『大丈夫だよ、お母さん。向こうから婚約を解消させればいいのよ』

『……そうね、こんなどうしようもない子、すぐに飽きられるわ。星蘭のような、愛嬌のある可愛い子のほうがいいに決まってるものね』

『ふふっ、そうよね。きっとルイス様も、あたしの魅力に気づくわ。絶対に奪ってやるんだから……』

　鈴蘭を睨みつけた妹の顔はいびつで、こいつは本当は人間などではなく悪魔なのではないかと疑う。

『あんたはあたしの引き立て役になるためだけに生まれてきたのよ、覚えておきなさい』

　ここまで、他人に殺意を覚えたのは初めてだ。

　鈴蘭はひとりきりの部屋で、不安そうに布団にくるまっていた。

『ルイスさん……』

　まるで助けを求めるように、その名前を呟いた鈴蘭。

　鈴蘭もあいつに対して恋情があったということに気づき、こんな時にも関わらず醜い独占欲を感じた。

『鈴蘭、お前との婚約を破棄する』

　白神がバカな男でよかった。鈴蘭には悪いが、心底そう思う。

　ただ、白神には微塵も興味はなかったが、たった今俺の中で、どうでもいい男から無能な男にこいつへの認識が変わった。

『異論があるなら言ってみろ』

『……ありません』

『そうだろうな。お前はもとより、俺に不満があったそうだからな。お前がそんな女だと知っていたら……最初から婚約など申し込まなかった』

　鈴蘭は何ひとつ言い返さない。

『俺たちの婚約破棄は成立だ』

『……』

『本題に入る。……たった今、俺と星蘭は正式に婚約者になったことを宣言する』

『星蘭ちゃん、幸せそう……！』

『姉の鈴蘭さんから嫌がらせされてたみたいだし……級長みたいな守ってくれる人ができてよかったな』

『おめでとう星蘭ちゃん！』

　まるで鈴蘭への当てつけのように、喜んでいる妹。そしてそれを祝福するブランの生徒たち。

　この光景に吐き気がした。

『星蘭、この花……』

『あーこれね、ルイス様がくれたの』

『でも、あたし花とか興味ないし、こんな物もらっても困るんだよね。どうせなら、アクセサリーとかもっと高価な物プレゼントできないのかな～』

　まだ白神に捨てられ、その傷が癒えていないだろう鈴蘭の前で、よくもそんなことが言えたものだ。

　鈴蘭と妹は、どうやら腹の中できっぱりと人間性を分けたらしい。

　醜い部分は、全て妹のほうが吸い取ったんだろう。

『お姉ちゃん、花好きでしょ？　あげるよ』

『で、でも、これはルイスさんが、星蘭にあげたんだよ？きっと星蘭に大事にしてもらいたいと思う』

『そんなの知らないし、花なんてもらってもありがた迷惑だから。いらないなら捨てといて』

　鈴蘭は乱暴に捨てられた花束をいたわるように拾い上げ、花瓶に生けた。

　そっと、綺麗な指が花に触れる。

『綺麗だね』

　いくら綺麗な花々とはいえ、これは自分の元婚約者が、生涯自分を苦しめている女に贈った花だ。

　なのに、まるで花に罪はないとでもいうのように、鈴蘭は花を愛でている。

　痛々しいほどの優しさを前に、歯を食いしばった。

　これは……俺と出会ったあとか。

　昼休みを知らせるチャイムが鳴ったと同時に、教室を飛

び出した鈴蘭。

　華奢で、まともな食事も与えられていない鈴蘭は体力も
ないだろうに、裏庭へと駆けていく。

　あまりのいじらしさに、唇を噛みしめる。

『フードさんっ……！』

『……ああ』

　知らなかった。……俺と同じように、鈴蘭も俺との時間
を心待ちにしてくれていたことを。

　それに、いつも弁当が質素なことも、心配になるほど細
身なことも、疑問を抱いていたくせにどうして気づけな
かったんだ。

　もっと早くに、本人に問い詰めるべきだった。

　ネックレスを渡して、喜んでいた時の光景が映る。

　これが……鈴蘭を見た最後の日。

　どうして鈴蘭が来なくなったのか、このあときっと判明
する。

　ずっと気になっていた理由を知るために、俺は今一度怒
りを鎮めるように息を吐いた。

　多分、ネックレスを渡した日の翌日だろう。机に座りな
がら、鈴蘭は何やらしおりを作っていた。

『よし』

　完成したそれを、まじまじと見つめている。

『フードさん、受け取ってくれるかな……』

　……俺に？

『こんなの渡したら……逆に失礼、かな……』

　そんなわけがない。鈴蘭からもらえるなら……なんだって嬉しいに決まっている。

　鈴蘭が俺のためを思って用意してくれたというだけで、天にも昇る気持ちだった。

　勉強しているのか、机の上には教科書や参考書が広がっている。

　綺麗な字で綴られたノートを見て、鈴蘭らしいと思った。

　鏡の代わりに、窓のガラスに反射する自分を見て、微笑んだ鈴蘭。

　ネックレスを見て、そんなに嬉しそうな顔をしているのか……？

　鈴蘭にそれほど気に入ってもらえたなら、あれを贈った甲斐があった。

　久しぶりに見る鈴蘭の笑顔は愛らしく……悲惨な過去を見たあとということもあってたまらなく抱きしめたくなった。

　その時、勢いよく部屋の扉が開かれた。

『あー……ムカつく‼』

　妹が入ってきて、鈴蘭は急いでネックレスを隠すようにボタンを一番上まで止めた。

『せ、星蘭、どうしたの……？』

『どうしたのじゃないわよ……黒闇神様の婚約者がどうのって……どいつもこいつもうるさいわね……‼』

　……ブランまでその話は行っていたのか。

　どうせ百虎あたりが言いふらしたに違いない。こいつは

口が軽いから、すぐに周りにベラベラ話す。まあ、絶対に言うなと言えば守る奴ではあった。もう学友でも何もないが。

『おとなしくあたしのこと讃えとけばいいのに……まともな婚約者も見つけられない女たちが何言ってんのよって感じ!!』

俺とその婚約者に話題を奪われてご立腹らしい。白神の婚約者になったからといって、囃し立ててくれるのはブランの生徒くらいだろう。

ノワール内では、白神のことなど話題には上がらない。

白神ごときに興味がないからだ。

白神家は衰退していくと言われているし、現に次期当主があれでは救いようがない。

『ルイス様もルイス様よ。早く入寮させてくれたらいいのに、全然あたしの望み叶えてくれないし……なんか、幻滅することばっかり。婚約してみたら、大したことない男ってわかった』

まるで嫌味のように、鈴蘭の前で言うこいつがどこまでも気に入らない。

『あー、ムカつく。あたしが一番ちやほやされてなきゃ気が済まない』

あの親にしてこの子ありとはよく言ったものだ。こんな自己顕示欲の塊のような女を育て上げるなんて。

『……ねえ、それなに？』

『え？』

『なんか光ってない？』

『な、何もないよ』

　鈴蘭のネックレスに気づいたのか、妹が立ち上がった。

『は？　なんで隠すわけ？』

　嫌な予感しかせず、この先の展開が手にとるように想像できた。

　鈴蘭に近づき、無理やりボタンを引きちぎった妹。

『……は？　本気でこれ何？　なんでこんな高価そうなもんつけてんの？』

『こ、これは……』

『……ねえ、あんた男できたの？　まさか、黒闇神様の婚約相手ってあんたじゃないわよね……？』

『ち、違うよ……！』

　鈴蘭はもちろん、俺のことは知らないだろう。

　だから、嘘はついていない。

『まあ、あんたが選ばれるわけないか……で？　そのネックレスは？』

『これは……お、お友達から……』

『友達？　それ男？　あんた男といたらしいじゃない』

『せ、星蘭……？』

『ルイス様に聞かれたのよ、鈴蘭はもう男ができたのかって』

『と、友達だよ……！　それに、学校の生徒じゃないよ』

『あっそ。……でも、あんたが楽しそうにしてるのは許せないのよね』

　妹は、まるで卑しい老婆のように微笑んだ。

『ねえ、それちょうだい』

『それ、は……』

『何よ、いいでしょ？　あんた、いつもなんでもくれるじゃん。――ルイス様もさ』

　鈴蘭が何もねだってこないのはきっと、諦めているからなのだと気づいた。

　こいつに搾取され続けて、生きてきたから。

　初めて、ラフ越しに鈴蘭を見た時……諦めたように笑う鈴蘭が頭から離れなかった。

　鈴蘭のあの笑顔は、こんなにも悲惨な環境が作りあげたのか。

『お願い、このネックレスだけは……』

　鈴蘭は妹にねだられれば、いつもすんなりと渡していた。

　だから今回も諦めるのかと思ったが、食い下がった鈴蘭に驚く。

『……他の物ならなんでも渡すから、これだけは取らないでっ……』

　鈴蘭……。

『これからもちゃんと星蘭の言うこと聞くって約束するから……なんでも言うこと聞くから……お願い……』

『そんなに大事な物なの？』

　何度も首を縦に振る鈴蘭。

　もういい。そんなもの、いくらだってくれてやれ。

　鈴蘭が望むなら何個でも用意してやるから、必死に守ら

なくてもいい。

『わかったわよ……』

『星蘭、ありがと……』

『──だったら、なおさら貰っておくわ』

　妹が端から折れる気はないことはわかっていたし、そうなるだろうとは思った。

　むしろこいつを信じて、あろうことか礼まで言おうとした鈴蘭のほうが信じられない。

　何度も騙されてきたはずが、まだ疑おうとしないなんて、お人好しなんて言葉で片付けられない。

　そして、こんなにも汚れを知らない純粋な鈴蘭を、騙し続けるこいつも人間とは思えない。

　ああそうだ、だから人間は嫌いだったんだ。

　魔族よりもよほど醜い。それを、こいつらが改めて思い出させてくれた。

『星蘭……お願い……』

『早く渡しなさいよ』

　ネックレスを掴もうとした妹の手に、拒んだ鈴蘭の手が当たった。

『あっ……ご、ごめんね……』

　大した接触ではなかった。本当に軽く手が当たっただけだ。痛くもなかっただろう。

『何すんのよ‼』

　それなのに逆上し、鈴蘭を床に叩きつけた妹。

　こいつが女神の生まれ変わりだとほざいている奴ら全員

に、この光景を見せてやりたい。

　……こんな女神が存在すれば世も末だ。

　こいつだけはありえないと断言できる。

『あたしの顔に傷がついたらどうするの‼』

　顔には当たっていないし、お前の顔がどうなろうがどうでもいい。

　それに、こいつはいつも容赦なく鈴蘭に暴力を振るっている。

　たった少し手が当たっただけで癇癪を起こすなんて、頭がおかしいとしか言いようがない。

『ご、ごめんなさい……！　星蘭、ごめんなさい……！』

『星蘭⁉　叫び声が聞こえたけど、どうしたの……⁉』

　母親が現れて、最悪の状況になった。

『お母さん……こいつが殴ってきたの……』

『なんですって……』

　妹とそっくりな逆上の仕方。顔を真っ赤にし、鈴蘭の髪を鷲掴みにした母親。

『お母さん、や、やめてくださいっ……』

『うるさい‼　あんたが悪いんでしょ‼』

『ごめんなさい……ごめんなさいっ……』

　一方的に暴力を振るわれながら、鈴蘭は何度も何度も謝っていた。

『今度同じようなことしたら……もっとひどい目に遭わせてあげるからね』

『はい……ごめん、なさい……』

　母親が部屋を出ていき、妹は満足そうにしながら鈴蘭の
ネックレスを奪った。

　部屋にひとりになった鈴蘭の虚ろな視界が、見えないほ
ど歪んでいる。

『フード、さん……』

　もう動く気力もないのか、発した声は消え入りそうなほ
どか細く、震えていた。

『……ごめん、なさい……』

　謝るのは、俺の、ほうだ……。

『ごめ……んなさい』

　もう見ていられず、俺は再生を止めた。

　視界は暗くなったが、まだ目を開く気にはなれない。

　少しでも気を抜けば、怒りに支配されてしまいそうだ。
怒りのまま、能力を放ってしまいたい。

　理性的になれ……と、自分を鎮めようとするたび先ほど
の記憶が蘇ってきて、どうしようもない。

『ごめん、なさい……』

　ネックレスを奪われたから、俺の前に来なくなったのか。
そんなことで……俺が怒ると思ったのか？

　そんなわけがないのに。俺は愛想がなく優しさもない男
だと自覚しているが、鈴蘭だけには違う。

　愛おしくてたまらない相手だ。鈴蘭なら何をされたっ
て笑って許してしまえるだろう。

　いつの間にか強く握りすぎてほとんどの骨が折れていた
手を能力で治そうとしたが、一瞬躊躇した。

こんな痛み、大したことはない。

それに……鈴蘭の痛みは、こんな一瞬で治せるような痛みではなかったはずだ。

誰よりも優しい人間だからこそ、人一倍傷ついただろう。

もう……絶対に、あいつを傷つけたくはない。

鈴蘭にはこの先、幸せだけを与えたい。

綺麗なものだけを見せて、あいつにふさわしいものだけを用意して、苦しみなんてひとつも感じないような世界で過ごさせてやりたい。

やりたいなんて言い方は厚かましいが、これはただの俺のエゴだ。

あいつには、いつだって笑っていてほしい。

その笑顔を奪うものは、どんな手段を用いても俺が排除する。

記憶に映っていた者たちの顔は、全て覚えた。別に意図的に覚えなくとも、脳裏にこびりついて離れそうにないが。

少しでもあいつを傷つける者がいれば……俺がその残りの生涯を持って償わせてやろう。

意味の見出せなかった人生に、今この瞬間明確な理由ができた。

俺はこの先、鈴蘭を幸せにするために生きていく。

この先何があっても、鈴蘭を傷つけるもの全てから俺が守り続けると誓った。

もう少しだけ待っていてくれ、鈴蘭。

すぐに――お前を迎えに行く。

誓い

幼い頃から、従者として夜明のことを見てきた。

何事にも無関心で、まるで魂の抜けたような奴だった。

誰もが目を輝かせて夜明を見るが、当人である夜明の目はいつも死んでいた。

別に死にたいほどこの世に絶望しているわけではなく、ただ生きたいとも思っていない。そんなふうに見えた。

そんな夜明が……別人のように変わった。

きっかけは、ひとりの女子生徒の存在。

ラフさんが彼女に助けられたらしく、その日を境に彼女の話ばかりするようになった。

「俺の姿を見つけたら、いつも顔を明るくして駆け寄ってくるんだ……」

頭を抱えながら、ため息をついている夜明。

「いじらしくて愛らしくて……ああ、早く俺のものにしたい……」

思い出しているのか、全身から甘いオーラがダダ漏れだった。

まさかあの夜明が、ここまでひとりの女性に骨抜きにされるなんて……。

あの夜明がノロケている姿は、違和感しかなかった。

もはや、人格が変わったと言われたほうが納得できるほ

ど。

「壊れてるじゃん……」

　百虎たちも夜明を見て、引いていたくらい。

　でもまあ、夜明が誰かの魔力に操られるようなヘマはしないだろうし、本当に心から愛せる人を見つけたのだとしたらこんなにも喜ばしいことはない。

　何より、黒闇神家の人間は泣いて喜ぶだろう。

　夜明は昔から女性に一切の興味がなく、むしろ嫌悪感すら抱いていた。黒闇神家の次期当主として、本当ならば16の時には婚約者を選ばなくてはならない。

　けれど夜明は10才の誕生日パーティーの時に、婚約はしないと宣言した。無理やり婚約者を充てがおうものなら、相手の家を燃やし尽くして犯罪者になってやるとまで言いのけ、誰も手がつけられなくなっている。

　魔族は血筋を重んじているため、養子をとるという選択もできず、黒闇神家最大の悩みとなっていた。

　そんな夜明が婚約をしたいと思える相手を見つけたと知れば……黒闇神家だけではなく、黒闇神家を支持している全ての魔族が祝福するだろう。

　ようやく黒闇神家一強の時代が見えた……そう、安心していた。

　調査結果を見て、頭を抱えた。こんなにも落胆したのは初めてだ。

　まさか夜明が選んだ相手が、こんな悪評だらけとは……。

　夜明は人を見る目だけはあるはずだが、夜明でも誰かに

騙される時があるのかと内心少しホッとしたのも事実だ。

あいつはそれほど完璧すぎたから。

夜明の両親は、もう結婚してくれれば相手は誰でもいいと言っているけど、さすがにここまでは許してもらえないだろう。

性根の腐った人間を、黒闇神家に入れるわけにはいかない。

意を決して夜明に真実を伝えたが、夜明は信じようとはしなかった。

それどころか、長年連れ添ってきた私よりも、出会ったばかりの女を信じると言った。

こんなに簡単に、女に騙されるような奴だったなんて。

正直、失望した。

夜明はどうしても彼女を信じたかったのか、ラフさんに記憶を取りにいかせた。

希少な能力を易々と使うなんて、よほど彼女に執心しているらしい。

記憶も持って戻ったラフさんが窓の外から見えて、私も部屋に戻った。

せっかくだ。私も見せてもらいたい。

これで、真実がわかるんだから。

夜明がトラウマになって、ますます女性不信にならなければいいが……。

目をつむって、夜明たちとともに彼女の過去を見る。

そして、私は夜明ではなく、自分自身に失望することに

なった。

　『フード、さん……』
　実の母親に暴力を振るわれ、倒れている彼女。
　『ごめん、なさい……』
　きっともう話す体力も残っていないだろうに、彼女は妹が去っていった方向へ手を伸ばしていた。
　『……ごめん、なさい……』
　床に倒れながら、夜明に対しての謝罪の言葉を口にする彼女に、胸がえぐられる。
　調査書に書かれていたことは、全てが虚実だった。
　むしろ、噂とは真逆であり、実際に虐げられていたのは彼女……鈴蘭様のほうだった。
　しかも、妹が姉から受けていると言われているいじめ以上に、彼女の境遇は悲惨なものだった。
　記憶はそこで途切れ、ゆっくりと目を開ける。
　けれど、顔を上げられなかった。
　夜明に、なんて謝罪をすればいいのかわからなくて。
　とんでも、ない……。
　最低な家族だ……彼女に与えられた環境も……まるで物置小屋のような部屋で生活させられて……。
　夜明が彼女に惹かれた理由も、彼女を信じようとした理由もわかった。
　きっと彼女は、夜明の前でだけはありのままの姿でいれたんだろう。

　何度も夜明に、助けを求めようとしたのかもしれない。

　ネックレスを贈った日から彼女がいつもの場所に現れなくなったと聞いて、きっと騙されたに違いないと確信していたのに……。

　今ならわかる。きっと彼女が夜明に会えなくなったのは、ネックレスを奪われてしまったことへの罪悪感からだと。

　妹に奪われたと泣きつけばいいのに……それすらもできないほど、彼女は今も家族に怯えながら過ごしているんだろう。

　最低な女だと、嘲笑った過去の自分を殺してしまいたい。

「う……ぇ……」

　雪兎の、嗚咽の音が聞こえた。

　恐る恐る顔を上げると、今にも吐きそうな顔で口元を手で押さえている。

　百虎も、絶句した表情で、顔を青ざめさせていた。

　彼女のことを知らない私たちでさえ哀れみの感情でいっぱいになっているというのに、夜明はこれを見て何を思っただろう。

　正気を……保てているだろうか。

　ゆっくりと、視線を夜明に移す。

　握りしめていたのか、夜明の手から血が流れていた。

　目をつむったまま、微動だにしない。

　夜明……。

　小さく息を吐いたあと、ようやく目を開けた夜明。

　夜明の手から、青い炎が上がっている。

　能力のコントロールは理性と直結していて、感情的になりすぎると、能力を制御できない魔族は多い。

　さらに、魔力量が多ければ多いほどコントロールすることが難しくなるため、規格外の魔力量である夜明は特にだ。

　理性で怒りをコントロールしようとしているのだろうが、さすがの夜明も制御不能になっている。

『ご主人！　抑えてください！』

「無理だ……全員皆殺しにしなければ、この怒りは収まらない」

　夜明の目は虚ろで、けれど確かな殺意が映っていた。

「夜明……！　落ち着いて……!!」

　百虎が焦って、夜明をなだめようとしている。

　夜明の魔力がどれほどのものかわかっているからこそ、暴走を止めようとしているんだろう。

　今の夜明が少しでも魔力を放てば、こんな建物は簡単に全焼させてしまいそうだ。

「はー……」

　本人もわかってはいるのか、なんとか怒りを堪えようと深呼吸していた。

　そんな夜明の背中を見ながら、百虎も雪兎も苦しそうに眉をひそめている。

　私も、なんて声をかければいいのかわからなかった。

「……ごめん」

　百虎の謝罪は、さっき彼女を侮辱したことへのものだろう。

「俺たちが、間違って、いました……」

　雪兎も、夜明を見ながら苦しそうに謝罪の言葉を口にした。

「……」

「夜明……大丈夫……？」

　何も言わない夜明に、百虎が歩み寄る。

「……やはり殺す」

「え？」

「全員まとめて処刑してやる」

　立ち上がって、ラウンジを出ていこうとした夜明の肩を百虎が掴んだ。

「いやいや、さすがにそれは……」

「できないとでも言いたいのか？」

　ごくりと、息を飲んだ百虎。百虎も、できないという意味で言ったわけではないはず。

　夜明ならやろうと思えばできてしまうと、わかっているはずだから。

　歴代最強といわれている首相……魔王の息子。

　夜明はその現魔王よりも能力が高いといわれている。

　きっと誰も夜明の真の力は把握しきれていない。それほどまでに、夜明は天性の才能と能力をもっていた。

　多少の職権濫用にはなるけれど、この国で夜明にできないことはきっとない。

　百虎を睨む夜明の鋭い瞳には、怒りの感情しか映っていなかった。

　夜明は普段、感情的になる男ではない。こいつはいつだって何に対しても無関心で、感情を荒げることなんてない。そんな男が……ここまで怒りに支配されるなんて。

　夜明の彼女への執着心を舐めていた。

「……とりあえず、落ち着いて。……って言っても、無理か」

　百虎が、肩においていた手を離した。

「あまりにも、悲惨だったな……」

　同じく夜明を止めようと立ち上がっていた雪兎も、視線を下げる。

「胸糞悪い……」

　まだ吐き気が残っているのか、顔は青ざめたまま。

「竜牙も怖い顔してるけど……」

　私を見て、百虎が口を開いた。

　怖い顔……そんな顔をしていた自覚はなかった。

　ただ……。

「……噂を鵜呑みにしていたバカな自分に、嫌気が差しただけです」

　本当に、情けない。

　さっき夜明に言った言葉の全てを撤回……いや、謝罪する。

　結局、本質を見抜いていたのは夜明のほうだった。

　彼女の噂を信じて彼女を蔑んでいた人間たち……自分も、あちら側の輩になるところだった。そう思うとゾッとする。

　私はこんなにも見る目がなかったのかと、自分がとても

低俗に思えた。

「……うん、そうだね」

　顔をしかめた百虎が、夜明に頭を下げた。

「本当に悪かった、夜明。騙された間抜けは俺たちのほうだった」

　私と同じように、百虎と雪兎も彼女への罪悪感でいっぱいになっている。

「これからは……夜明と彼女の力になるって誓うよ」

「俺も、何かできることがあれば言ってください」

「お前たちの力など必要ない」

　頭を下げた百虎と雪兎に、夜明は変わらず冷たい態度を取っていた。

「ラフ、支度を進める」

『はい‼』

　支度……。

「え？　なんの？」

「お前たちには関係ない」

「ほ、本当に悪かったよ……何回でも謝るからさ……」

　百虎はともかく、私は許してもらえないかもしれない。

　……当たり前だ。夜明は何度もどちらを信じるかと私に聞いてきた。その度に、彼女が悪だと答えたのは私だ。

『わたしは何をすればよろしいのでしょうか‼』

「黒闇神家に通達を出せ。婚約の準備をしろと」

『イエッサー‼』

　ラフさんが、嬉しそうに飛び跳ねた。

　婚約の準備を進めることには、私ももちろん異議はない。

　というより、一刻も早く手続きを進めて、彼女をあの家から救い出すべきだ。

　彼女には会ったことは一度もないが、幸せになってほしいと思った。

　あんな扱いを受けていたにも関わらず、彼女の記憶の中で、彼女が他人を責めたことは一度もなかった。

　あそこまで優しい子が、あんな環境に置かれているという事実が耐えられない。

「あいつが俺の前に現れなくなったのなら……さらえばいい」

　夜明も速やかに手続きを進めるつもりなのか、覚悟を決めた表情をしていた。

「俺のことを、嫌っているわけではないとわかったからな」

　あの噂が嘘だとわかった以上、彼女を婚約者として認めない人間はいないだろう。

　正式な婚約は両家の利益を考えて結ばれることも多いが、黒闇神家はそのような古い風習もない。何より、もう十分すぎるほど権力も人脈もあるため、一族の者からすれば婚約さえしてくれればいいと思っているだろう。

　むしろ優しい女性だとわかれば、夜明の両親は快く迎えてくれるはずだ。

「ていうか、フードさんって夜明のことだよね？　どうしてそう呼ばれてるの？」

　百虎は詳しい話を知らないから、気になったのか首を傾

けた。

『記憶の通り、鈴蘭様はご主人の正体を知りませんので！変装して密会しておりましたから！』

「え……？」

百虎だけではなく、後ろにいた雪兎も驚いている。

「それ、先に言ってよ……」

「知ってたら、俺たちも騙されたなんて言いませんでしたよ」

彼女が黒闇神の名前に目がくらんだと思っていたらしい。

「黙れ」

夜明に凄まれ、また百虎が「ごめんごめん」と謝った。

私も……。

許されないとわかっていても、何も言わないわけにはいかない。

何よりも、今すぐに彼女自身にあって謝罪したいくらいだ。

そっと、夜明に歩み寄る。

目の前に立って、跪いた。

「先ほどの無礼な言葉……全て撤回させてください。申し訳ございませんでした」

夜明は何も言わない。でも、好都合だ。

「今後、夜明を疑うような愚かな真似はしないと約束します」

私は言葉を続け、より深く頭を下げた。

「もう一度……私をあなたの従者にしてください」

　許してくれとは言えない……ただ、チャンスがほしい。

　夜明と彼女から、信頼を得るチャンスを……。

「……ブランに監視を飛ばせ」

　驚いて顔を上げると、俺を見下ろす冷たい瞳と目があった。

「鈴蘭への直接の接触があれば、すぐに俺に報告するように。お前ならできるだろ」

　夜明……。

「至急、手配します」

　私は立ち上がって、再び頭を下げた。

　もう、夜明を疑うようなことはしない。

「夜明が婚約者にすると誓った相手でしたら……わたしも忠誠を誓います」

　夜明と彼女のために尽くすと、誓った。

「婚約の準備とともに、全ての支度を進めろ。最短でどのくらいかかる」

　最短……。

「３週間ほどあれば……」

　本当は、１ヶ月は必要だ。黒闇神ほどの一族となると、様々な手続きや報告を含め、急いでもそのくらいが限界だと見込んだ。

「３週間？」

　夜明が、眉をひそめる。

「それまで鈴蘭をあの家に置いておけというのか？」

　そういうわけではもちろんないし、私もできるなら一刻も早く救ってほしいと思う。ただ……どうしても時間は必要だ。

「……１週間で用意します」

　考えた末、そう答えた。

　最大限急いだとしても、これが限界だ。

「来週の月曜だ」

　夜明の言葉に、耳を疑う。

「ふ、２日はさすがに無理です……！」

　夜明だってそのくらいはわかっているはず……。

「それ以上は待てない」

　よほど彼女が心配なのか、落ち着きのない様子でそう言った。

　夜明の顔に、今すぐ彼女を連れ去ってしまいたいと書いてある。

　あんな過去を見たあとだから、仕方ない。

「それに、あいつらへの許可は必要ない。俺が婚約するとなれば相手が誰でも喜ぶだろうからな」

　あいつらというのは両親のことだろう。確かにその通りだから、反論はしない。

　婚約の準備を２日で……ほぼ不可能に近いが、順序を変えればいいか……。

　一旦婚約を結んだあとに、各所へ報告をすることにしよう。……夜明が婚約を決めたんだ、多少のわがままは許されるはず。

「鈴蘭を転級させる。あと……入寮の手続きもしておけ。もしできないというなら、今度こそ俺の前から消えてもらう」

あまりの無理難題に頭を抱えたくなったが、私はもう忠誠を誓った身。

もう一度信頼を取り戻すためなら、やってみせよう。黒闇神と司空の全ての使用人を集めなければ……。

色褪せた世界

　もう歩き慣れてきた、学校への通学路。

　ぼうっと自然を眺めながら、重たい足取りで歩く。

　学校、行きたくないな……。

　星蘭にネックレスを取られてしまったあの日から、5日が経った。

　あれから、お昼休みに中庭に行くのはやめた。

　フードさんとも、会っていない。

　ネックレスを失くしましたなんて……言えなかった。

　私にはもう、フードさんの友達でいる資格はない。

　学校に着くと、ノワールとブランを隔てる場所にある掲示板に、人が集まっていた。

　一体なんの騒ぎだろう……。

　不思議に思って視線を向けると、「中間考査結果」と書かれている看板が目に止まる。

　え？　昨日テストが終わったばかりなのに、もう結果が出ているの？

　というか、成績表が貼り出されるの……？

　私の中学ではそんなことはされなかったし、こんな堂々と掲示板に貼り出されるなんて知らなかった。

　結果が気になって、私も掲示板へ近づく。

「おい……」

「自慢でもしに来たんじゃない？」

　成績表の近くにいる生徒たちが、私を見てこそこそと何か話している。

　噂話をされるのはもう慣れているから、今日も気にしないふりをした。

　目はいいほうだから、多少離れていても見えそうだけれど……混み合ってて表自体が見えない。

　なんとか端のほうから、背伸びをして欄を覗く。

　1学年1位と書かれた欄に、自分の名前を見つけた。

　1位になれたんだ……。

　フードさんと会えない寂しさを埋めるために、寝る間も惜しんで勉強ばかりしていたから、その結果が表れたのかもしれない。

　光栄なことだとは思うけど、不思議と喜びを感じない。

　私が1位になっても、喜んでくれる人はいないから。

「1年の1位って、何者だよ……」

「冷然様より上だぞ。ほぼ満点とか……正気？」

「人間であそこまでの成績を取った生徒って、いないんじゃないか……？」

　フードさんは、1位になったって言ったら……なんて言ってくれるかな。

　よく頑張ったって、言ってくれたかな……。

　考えるだけで、涙がこみ上げてきた。

　もう、やめよう……。

　1位の欄から目をそらした時、2学年の成績一覧も目に

入った。

　１位は、黒闇神夜明さん……。

　え？　満点……？

　あまりにも綺麗な点数が書かれていて、絶句する。

　ルイスさんも、２位……十分高い点数だった。

　３位以下は、ふたりと100点以上差が開いている。ツートップがどれだけ優秀かを表していた。

　この学校で、満点なんて取れるんだ……。

　凄い人なんだな……。

　私も、次のテストも頑張ろう。

　勉強しかすることがないんだから、せめていい成績を収めるくらいしなきゃ。

　振り返って、教室に向かう。

「絶世の悪女って、頭よかったんだ……博学な美人って最高じゃん」

「ちょっと、やめなよ。級長に捨てられた女だよ」

「別に、俺はあんなに美人で頭もいいなら、性格が多少悪くてもいいけどな」

「俺も」

「男ってサイテー。級長に言ってやろ」

「それはやめてくれ……！」

　何を言われているのか聞き取れない。耳に入る声全てが恐ろしくて、耳をふさいでしまいたくなった。

　お昼休みは、非常階段で過ごしていた。

　裏庭に行かなくなった私の、新しい秘密基地。

　ルイスさんと出会った場所だから、他にも出入りする生徒がいるかもしれないと思ったけど、いまだに人が入ってきたことはない。

　ルイスさんはお昼は級長室で過ごしているはずだから、現れる心配もなかった。

　ぎりぎりの時間までそこで過ごしてから、教室に戻る。

　フードさんは……今日も、裏庭で待ってくれているのかな。

　そう思うと、胸が痛んだ。

　教室に戻ると、まだ星蘭の姿はなかった。少し安心して本を開いた時、後ろのほうから聞こえた声。

「絶世の悪女の新しい噂、知ってる？　実は……カンニングしたらしいよ」

　え……？

「それほんと？」

「星蘭ちゃんが言ってたから、本当だって」

　カンニング……。

　まさか、そんな噂まで出回っていたなんて……。

　もちろん、カンニングなんてしていない。

　きっと何をやっても……私の全ては否定されてしまう。

　大丈夫……あと２年と11ヶ月、耐えればいいだけ。

　本の隙間から、ひらりと紙が落ちた。

　慌てて拾うと、それは紙ではなくしおりだと気づく。

　フードさんにプレゼントしようと思った、不恰好なしお

り。

　下唇を、きゅっと噛みしめる。私はすぐにそれを本にしまって、見えないようにした。

　フードさんに、会いたい……。

　自分から友達になってくださいってお願いしたくせに、勝手に行かなくなって、ごめんなさい……。

　せめて置き手紙だけでもしておくべきだと思ったけど、私の中でそれすらもしないほうがいいっていう結論に至った。

　きっとフードさんは、ネックレスを失くしてしまったと謝れば、許してくれる。

　だけど、ネックレスひとつ守れなかった無力な自分を、私自身が許せなかった。

　この先も私は、星蘭とお母さんのいいなり。フードさんに心配をかけることもあるかもしれない。

　そしていつか、フードさんの優しさに甘えて……私は家のことを言ってしまうかもしれない。

　優しいフードさんが、助けてくれようとするのは目に見えてる。

　お母さんとお父さんが怒って、フードさんに危害を加えることも。

　また、先生の時のような悲劇が……。

　想像するだけで、恐怖のあまり吐き気がこみ上げる。

　これからもフードさんに迷惑をかけるくらいなら……何も言わずに来なくなった、礼儀知らずの女として嫌われた

ほうがいい。

　私はひとりでいたほうがいいんだ。

　お友達になってもらう前に、気づくべきだった。

　フードさんと出会う前までは、ひとりには慣れていたはずなのに……今はぽっかりと空いた穴を埋める術がわからない。

　迷惑をかけるとわかっていても、会いたくてどうしようもない。

　いつの間に私はこんなにも……弱くなっていたのかな……。

違和感

【side ルイス】

1年、トップだと……？

中間考査の結果を見て、俺は驚愕した。

俺の順位は2位。いつも以上に勉強をしたが、いつもと同じ結果に終わった。

それを悔やむ暇もなく、あっけにとられている。

隣の1年の表の一番上に、鈴蘭の名前を見つけたからだ。

それも、ほぼ満点に近い点数だった。

2位の奴ともずいぶん点数差が開いている。

普通、学年の上位は魔族が占めている。実際に2年のトップ10は全て魔族が独占していた。

だというのに、魔族を抑えてトップを取るとは……ありえない……。

それに2位の冷然は、中等部からずっと学年首席だったはず。

鈴蘭は、優秀な人間だったのか……？

しかし、星蘭は鈴蘭のことを教養がない人間だと言っていた。実際に、魔族のことを知らなかったような反応を取っていたし……頭が悪いと言われたほうが納得できる。

だが、何度目をこすってみても、1位の欄に書かれているのは鈴蘭の名前だった。

教養のない人間が、学年トップを取るか……？

それに……。

1年の1位と最下位には、同じ名字が書かれていた。

星蘭の奴、勉強はしていると言っていたのに……。

こんな点数を取るとは、恥さらしもいいところだ。

ここまで頭が悪いとなると、教養がないのは星蘭のほうではないのか……？

いつも、図書室で小難しそうな本を読んでいる鈴蘭を思い出す。

俺の中で、違和感が芽生えはじめた。

「星蘭、お前、定期試験は最下位だったそうだな」

その日の昼食時に、早速星蘭に問い詰めた。

このままの成績でいられるのは困る。

「勉強は苦手なのか？」

「……はい……」

俺の言葉に、悲しそうに眉の端を下げた星蘭。

「塾に通わせてもらっていた姉とは違って……あたしは昔から勉強する環境もなくて……」

環境にない……。

リシェス学園にいて、その言い訳はどうなんだ？

勉学に集中できる環境を整えているし、リシェス学園の環境は最高レベルと言っていい。

塾に通わなくとも、毎日自由に参加できる講習も補習もあるくらいだ。

だが……家でのことを言われると、強く言えなくなって

しまう。

「……そうか」

　家族から虐げられている星蘭に説教をして、俺が悪者のようになるのは気分が悪いからな。

「お前の境遇はわかった。だが、最下位というのは少し困る。ブランの級長である俺の婚約者である以上は、最低限の成績は修めてくれ」

「…………」

　なんだ……？　星蘭の不満そうな表情に、疑問を抱いた。

「勉強って、そんなに大事ですか……？」

「……なんだと？」

「だって、ルイス様と結婚したら、あたしは家庭を守るんですよね？　だから、できてもできなくても、どうでもいいんじゃないかなぁって……」

　突然何を言いだすかと思えば……。

　まさかこいつは、俺と結婚すれば何もしなくていいとでも思っているのか？

　逆だ。白神家の嫁になるなら、相応の努力をしてもらわなくては困る。

　そんなに簡単に、白神家の嫁になれると思われているのが不快だった。

「面目だ。婚約者がバカだと、俺の顔が立たない。それに、親の学力は子に影響する」

　できるなら、誰よりも優秀で、誰よりも俺に尽くしてくれる嫁が理想だ。

その分、俺は生涯幸せな環境を用意することを約束できる。

そう思ったが、星蘭は何やら俯いたまま、返事もしない。

「……お前、まさか拗ねているのか？」

星蘭のふてくされているような態度に、顔をしかめた。

ふつふつと、苛立ちが募る。

「違いますけど……もっと優しくしてくれてもいいのになって……」

違う……？

その態度で、よく言えたな。

「十分優しくしているだろ」

「…………」

「別に学年トップを取れと言っているわけじゃない。せめて平均より上の成績を取れるよう勉強してくれ」

こいつ……いつも愛想を振りまいているところはまだ気に入っていたのに、こんな一面があったとはな。

返事もしない星蘭に、舌を鳴らした。

こいつの意思は関係ない。とにかく、俺の婚約者が勉強もまともにしない女だと思われるのは耐えられない。

「家庭教師を用意してやる」

「……っ、そ、そんなことをしたら、またお姉ちゃんに文句を言われます」

ようやく顔を上げたと思ったら、そんなことを言いだした星蘭。

「勉強に関してまで口を挟まないだろう。それに、あいつ

はお前のことは眼中にないはずだ」

　成績トップの人間は、最下位の奴なんか眼中にないだろう。

　星蘭が死に物狂いで勉強したとしても、今更トップになれるはずがない。

「お姉ちゃんが、１位だったからですか……？」

　星蘭の声のトーンが、低くなったのがわかった。

　瞳を潤ませて、俺を見上げた星蘭。

「実は……言いにくいのですが、姉はカンニングをしているのです」

　……なんだと？

「あたし、姉がカンニングペーパーを作っているところを、見てしまって……」

　ああ、そうだったのか……。

　──その噂を流したのは、星蘭だったのか。

　実は成績が発表された日から、鈴蘭がカンニングをしたという噂が出回っているのは知っていた。

　その噂を信じているのは、何も知らない外部生くらいだろう。

「星蘭、それは不可能だ」

「え……？」

　カンニングなど、絶対にありえないからだ。

　内部生や、この学園について詳しいものなら、噂を聞いた時点でバカバカしいと一蹴するようなデマだ。

　この学園は、そんなぬるいことができる場所ではない。

　第一、監視官は能力を使って生徒たちを監視している。魔族の中でも、少数しかいない透視能力、読心能力のある人間を高額な金で雇い、不正がないよう監視しているんだ。

　首席者は代々皆、首相をはじめとした政治家や著名人になっている。そのような優秀な人材を育成する学園で、カンニングなどバカげた行為が許されるはずがなかった。

　だから、あいつのトップは実力であるということは明白だ。

　成績が優秀なことは、知らなかったが……。

　兎にも角にも、噂の出どころが判明してスッキリした。

　まさか星蘭が、こんなバカげた噂を流していたとは……失望したがな。

「誓って、この学園でカンニングはできない」

　ましてや鈴蘭は魔力も持たない普通の人間。監視官を欺けるわけがない。

「あたしが嘘をついていると言うんですか……？」

　再び、星蘭の声のトーンが下がった。

　……ああ、そろそろ限界だ。

「……話にならない、出ていけ」

　こいつの機嫌をとってやろうと下手に出ていたが、バカバカしくなってきた。

　空気も悪い、今は顔も見たくないと思うほど星蘭のことを疎ましく思った。

「……っ、ル、ルイス様、ごめんなさい……！」

　俺が苛立っていることを察したのか、星蘭は急にしおら

しくなり俺の服を掴んできた。

「でも、カンニングペーパーを作っていたのは本当なんです……だから、カンニングしたんだと思っていて……」

　肩を震わせながら、許しを乞うようにこっちを見てくる。

　……正直、今はかわいそうとも思えない。

「……わかったから泣くな」

　これだから、女は苦手なんだ……。

　泣けば許されると思っている。実際に、妖精族はレディーファーストであり、女性優勢の節があるため、ないがしろにはできない。

　面倒だ……今すぐここから出ていきたい。食欲も失せた。

　そう思った時、テーブルにおいているスマホが光った。

【至急、寮まで来ていただけませんか】

　副級長からの呼び出しだった。

　いつもならあとにしろと無視をするが、今はなんてタイミングがいいんだと褒め称えてやりたい。

「悪い。用事ができた。行ってくる」

　俺は立ち上がり、級長室を出た。

　星蘭は何か言いたげだったが、気づかないふりをした。

　今更ながら、星蘭と婚約したことを少し後悔している自分がいた。

　かわいそうだからと、鈴蘭とスライドさせるような形で結んでしまったが……あいつはもしかすると、相当扱いにくい女かもしれない。

　突然ふてくされるし、頭も悪い。見た目も、特別華やかというわけではない。第一、容姿だけで選ぶなら俺の周りには華やかな女は腐るほどいる。

　ただ……。

　あの日、非常階段で見た鈴蘭の姿を思い出した。

　あいつと婚約破棄をしたこと、後悔はしていない。ただ、あれほどの衝撃は初めてだった。

　それに、あいつは容姿だけではなく、醸し出す雰囲気も落ち着いていて、それでいて愛らしく……。

　……いや、鈴蘭のことはどうでもいい。あいつは俺を裏切ったんだ。

　だが、もし鈴蘭が妹をいじめるような腹黒い女ではなく、黒闇神に惹かれるようなミーハーな奴ではなければ……今も婚約関係は続いていただろう。

　見た目も他とは比べものにならないほど華やかで、頭もよい女なら、毎日のように自慢して回っただろうな。

　……だから、もう鈴蘭のことは考えるな。

　気を抜けば鈴蘭のことがちらつき、そんな自分に舌を鳴らした。

　昼食時は生徒が多いため、できるだけ人目のない道を選んで寮に向かう。

　非常階段の近くを通ろうとした時、前から女が歩いてくるのが見えた。

　……鈴蘭？

　向こうも俺に気づいたのか、怯えたように立ち止まり、

引き返すように走り去っていった。

なんだあいつは……人をバケモノのように……。

挨拶のひとつくらいするのが当然だろう……。

そう思ったが、金輪際関わるな言ったことを思い出した。

それに対して、あいつも反論はしなかった。

少しくらい、何か言えばいいものを……あいつはいつもそうだ。

俺が何か聞いても、yesかnoでしか答えない。

そういえば、自ら俺に何か言ってきたことはなかった気がするな。

何も……。

ハッとした。

そうだ。……俺は鈴蘭に、何も聞いていない。

星蘭から一方的に話を聞いたが、事実確認はしなかった。

いや……でもあいつ婚約破棄を受け入れたんだ。否定しなかったも同然。

そうだ……あいつは認めたから、否定しなかった。

ひとりで自己完結したが、なぜか俺の中に、言いようのない違和感が生まれた。

「級長……お疲れ様です」

寮につくと、副級長だけではなくブランの生徒会役員が集まっていた。

「急に呼び出して申し訳ございません」

「気にするな。で、要件はなんだ？」

　わざわざ昼食時に呼び出すなんて、珍しい。それほど急ぎで俺に伝えたい要件があったんだろう。

　副級長は、気まずそうに俺を見ながら、恐る恐る口を開いた。

「実は……週明けの月曜日に、アセンブリの予定が入ったそうなんです」

「……何？」

　俺は副級長の言葉に、耳を疑った。

　アセンブリとは、緊急の全校生徒集会のことだ。

　ブランとノワール、全ての生徒が集められる。

　これを行う指示を出せるのは、この高校にはふたりしかいない。

　俺と……黒闇神。つまりは各学級の級長のみが開く権限を持っている。

　そして、今回のアセンブリの主催は俺ではない。

　つまり……黒闇神の指示ということだ。

「黒闇神がアセンブリを開く、だと……？」

　何も知らない奴は、ただの生徒集会だと思うだろうが、これは異例の事態だった。

　リシェス学園では成績を重んじるため、1年であっても級長になることが可能だ。

　中学1年と高校1年の時に級長でなかった俺とは違い、黒闇神は中等部と去年合わせての4年間級長を務めている。そしてその4年間で……あいつがアセンブリを開いたことは一度もない。

そんな奴が……突然指示をしたときた。

胸騒ぎが止まらない。

一体、何が起ころうとしている？

あいつがアセンブリを開く理由を、必死に考える。

俺はいつも、試験の前や行事の前に開くことがある。だが、あいつはそんなことでは開かないと断言できる。

あの人目に出るのを極度に嫌うあいつがとなれば……どうしてもアセンブリを開かなければいけない理由がある以外に考えられない。

まさか……あの噂は、本当なのか？

巷（ちまた）で囁かれている、黒闇神が婚約者を見つけたという噂。

あいつが婚約者を見つけるなんて絶対にないと、聞き流していた。

わざわざ見せしめのように、婚約をしないと宣言した男だ。俺もあいつが婚約をしないと発言した場面を見たが、あれは宣言というより脅しに近かった。まるで、黒闇神に縁談の話を持ち込めば制裁を下すと言わんばかりの物言いだったから。

それほど女を嫌っていて、婚約に関しても毛嫌いしていた男が……まさか、本当に婚約者を……？

ありえないとは思う。……が、そうなれば辻褄が合うのも事実だ。

級長が婚約関係を結ぶに当たって、ひとつだけアセンブリを開かなければいけない条件下になる場合がある。

それは……別学級の生徒との婚約だ。

　ブランとノワール同士の婚約の場合、いくつかの決まりがあった。級長が学級間での婚約をする場合、アセンブリにて正式に婚約の発表をし、人間は魔族側の生徒が所属する学級へ転級しなくてはならない。

　つまり、黒闇神がブランの生徒と婚約をする場合は、強制的にアセンブリを開かなくてはならない。

　いや……だが、あいつがブランに出入りしていた情報はない。

　俺ほどではないが目立つ男ではあるから、あいつがブランの女子と密会していたというのは考えにくいだろう。

　逆にブラン側の生徒がノワールに行っていたというのも、あまり考えにくいな。

　ブランの生徒は、ノワールを毛嫌いしている奴が大半だからだ。

　俺の考えすぎか……？

　だが……やはりあいつが気まぐれにアセンブリを開くとは考えられない……。

　くそ……何を企んでいるんだ、あいつは……。

　何をするにしても、俺をイラつかせる奴だ。

　もし本当に、あいつが婚約者を見つけたのだとしたら……。

　まさか、相手は女神の生まれ変わり……？

　いや、それも考えにくいだろう。あいつは女神候補に興味はないだろうし、何より最有力の星蘭はすでに俺と婚約関係を結んでいる。

　ただ、女神の生まれ変わりはブランにいる可能性が高い
と言われている中で、このアセンブリ……。

　わからないことばかりの状況に、胸騒ぎが止まらなかっ
た。

　とにかく、女神の生まれ変わりは俺が必ず手に入れる。

　もしあいつに女神を奪われたら……それはすなわち、白
神家の完全敗北を意味するからだ。

　大丈夫だ、星蘭を信じろ。

　俺が必ず……白神家一強の時代を取り戻してみせる。

王子様は現れる

　休日明けの月曜日。今日からまた1週間学校に通わないといけないと思うと、足が重い。

　気分は憂鬱で、気を抜けば足を止めて立ち尽くしてしまいそうだった。

　早く、学校に行かなきゃ……。

　私には、学校に行くしか選択肢はない。

　3年間を乗り越えきったら……大学生になって、自分で働いて、家を出て……。

　うん、未来に希望はちゃんとある。だから、今は頑張るんだ。

　いつか自由になって、フードさんに出会えたら……謝りたいな……。

　……その時にはもう、口も聞きたくないほど嫌われているかもしれない。

　フードさんだけには嫌われたくないって思っていたのに、自分から嫌われる行動をしていることに呆れた。

　私は矛盾ばかりだ……。

　学校に着いて、カバンを机にかける。

　眠たい……。

　最近、寝つきが悪くて、質のよい睡眠がとれていなかった。

　仮眠をしたいけど、教室で呑気に眠るなんてできそうにない。

　それに……なんだか今日は、一段と騒がしいような……。

「おい……！　今日アセンブリが開かれるらしいぜ……！」

　そう叫びながら、クラスメイトの男の子が教室に入ってきた。

　アセンブリは、確か、緊急の全校集会だった気がする。

　月曜日だから朝礼とかではなく、緊急で……？

　それって、珍しいことなのかな……？

　まだ学園のことについてわからないことが多いから、疑問に思った。

「しかも、召集をかけたのは黒闇神様らしい……」

　また黒闇神様って人の話……？

　ここ最近、その人の話題で持ちきりだ。

　星蘭が苛立っていたのも、その人の噂が原因だったみたいだから。

「まさか、あの噂って本当だったの……!?」

　クラスメイトたちが揃って混乱しているのがわかった。

「ブランも召集にかけられたってことは……やっぱり、婚約発表……？」

「いやいや、ただの噂だって……」

「そうだ、黒闇神様が婚約するはずない」

「内部生ならわかってるだろ、あの人の女嫌いは」

　婚約発表？　女嫌い……？

　あちこちらか聞こえる、様々な単語。

　まだ星蘭は来ていない。この状況、星蘭が見たら、また機嫌を損ねてしまいそう……。

　また家に帰って、殴られたらどうしよう……。

　その不安で頭がいっぱいで、噂の詳細を整理する余裕もなかった。

「みんなおはよう〜」

　元気いっぱいの笑顔を浮かべて、教室に入ってきた星蘭。

　途端、クラスメイトたちは噂話をやめて、星蘭に歩み寄った。

「せ、星蘭ちゃん、おはよう！」

　ひとまず、みんなが噂話を中断してくれてよかった……。

　ちょうどチャイムが鳴って、それぞれ自分の席に戻っている。

　先生が入ってきて、私も教卓に視線を戻した。

「今日はアセンブリが開かれるため、今から大講堂へ移動する」

　アセンブリが開かれるのは、本当なんだ……。

「ねえ、なんの発表だと思う？」

「ブランも集められるってことは……中間考査の件？」

「黒闇神様がそんなことで召集かけるかな？」

　廊下に並んでから、クラス全員で大講堂へ向かった。

　その途中、他のクラスからの噂話も聞こえて、いろんな情報が入ってくる。

「黒闇神様の召集だってどこからの情報？」

「絶対嘘でしょ。あの人１年の頃から級長だけど、一度も

アセンブリは開いたことないって聞いたよ」

「だけど、級長ではないみたいだよ？」

　みんなこのアセンブリの目的がわかっていないのか、空気は騒然としていた。

　大講堂について、奥から順に座っていく。

　前を見ると、舞台には黒い制服を身にまとった人たちが3人並んでいた。

　ノワールの生徒さん……？

「ねえ、なんでノワールのあの方たちが集まっているの……？」

　あの方たち……？

「司空様に百虎様、それに雪兎様もいるよ……！　雪兎様って、滅多に学校に来ないって有名なのに……！」

　前に立っている3名は、有名な人たちみたいだった。

　あ……ひとりだけ、見覚えがある。

　司空様と呼ばれている人。確か、入学式で級長さんの代わりをしていた人だ。

　級長の代わりをするくらいってことは、ノワールの偉い人なんだろうな。

「……ちっ」

　今、舌打ちが聞こえたような……。

　隣にいる星蘭を見ると、心なしか険しい表情をしているように見えた。

　私だからいいけど、そんな顔を他の子たちに見られたら大変だ。

　取り繕えないほど、苛立っている証拠。

「ねえ、本当に黒闇神様が召集したの？」

「ってことは、黒闇神様を見れるってこと⁉」

「あたし、生で見るのは初めて……!!」

「でも、黒闇神様いないよ？」

　女の子たち、みんな目を輝かせて前を見てる。

　今から、何が起こるんだろう……。

　ゆっくりと、司空様と呼ばれている人が動きだした。

　しん……と、講堂内が静まった。

　マイクの前に立って、微笑んだその人。

「只今より、アセンブリを開始いたします」

　周りにいた生徒が、こそこそと話している。

「なんだ……また代理？」

「司空様もいいけど……がっかりした……」

「黒闇神様が見れると思ったのに～……」

　黒闇神という人が現れないことに対しての、落胆の声
が上がっている。

　みんなが残念そうに、肩を落としていた時だった。

　足音が響いて、再び静まり返る講堂内。

　舞台の脇から……ひとりの男子生徒が現れた。

　みんなが、息を飲んだのがわかる。

「黒闇神、さま……」

「嘘……！」

「本当に、黒闇神様だ……！」

　この人が……黒闇神様……？

全員の視線が、彼に釘付けになっていた。

私も、渦中にいる人を見つめる。

どうしてだろう……。

彼を、初めて見た気がしない。

彼の身長……スタイル、歩き方……どうしても、あの人の姿と重なってしまう。

——フード、さん……？

いや、そんなはずない。

フードさんはこの学園の生徒ではないと言っていた。

違うはずなのに、あの歩き方も、あの大きな手も、口元も……全部フードさんのものに見えて仕方ない。

数百人の生徒が集まっているとは思えないほど、静寂に包まれている講堂内。

みんなが黒闇神様と呼ばれる人を見て、彼の言葉を待っていた。

違う、きっと……フードさんではない。

そんな偶然が……。

「……今日は、よく集まった」

声を聞いて、確信する。

彼……黒闇神さんが——フードさんだと。

この重低音の心地いい声は、紛れもなくフードさんの声だった。

司空さんと呼ばれている人が、黒闇神様……フードさんの後ろに立った。

「呼ばれた生徒は前へ来てください」

　フードさんの代わりに、進行をしている。

「ブラン学級、１年Ⅳ組双葉鈴蘭」

　呼ばれたのは、確かに私の名前だった。

　周りにいたクラスメイトたちが、一斉に私を見る。

　その視線が怖くて、肩がすくんだ。

　どうして……。

　もしかして……私が来なくなったことを、怒って……。

　呼ばれた理由がわからなくて、顔が青ざめていく。

　呆然とフードさんのほうを見ると、視線がぶつかった。

「……鈴蘭、こっちだ」

　その声は、いつもと変わらない優しい声。

　フードさん、怒ってない……？

　でも、だったらますます呼ばれた理由がわからない。

　全校生徒に見られて、ただただ怖くなった。

　しびれを切らしたように、端に座っていた先生のひとりが立ち上がる。

「双葉鈴蘭、速やかに前に……」

「──うるさい。部外者は黙っていろ。俺のものに無礼な発言は許さない」

　フードさんはそう言って、声を出した先生を睨みつけた。

　先生は怯んだように、へなへなと着席している。

　呼ばれているから行かなくてはいけないとわかっていても、足がすくんで動かない。

　何より……隣の星蘭の視線が怖くて、振り向けなかった。

　立ち上がることもできなくて震えていると、フードさん

が舞台から下りた。

　そのまま、ゆっくりと歩み寄ってきてくれたフードさんは、私の前で立ち止まった。

　そっと私に手を差し出し、微笑んでくれるフードさん。
「大丈夫だ。おいで」

　どう、して……。

　私は……無礼なことをしたのに……。

　——何で今もそんなに優しい声で、話しかけてくれるんだろう。

　初めて見たフードさんの笑顔に、涙が堪えきれなくなった。

　フードさんが私の手を握り、そのまま引き寄せられる。そして次の瞬間、体が宙に浮き上がった。
「キャアアアー!!」

　女の子たちの悲鳴が鼓膜を刺激する。

　もう何が起こっているのかわからず、私はされるがままだった。

　私を両腕で抱き上げたまま、舞台へと戻っていくフードさん。その途中、そっと耳元で囁かれた。
「悪いな。最低限形式に従わなければいけないんだ」

　形式……？
「もう少しだけ我慢してくれ」

　再び舞台の上に乗ったフードさんは、私のことをそっと下ろした。

　全校生徒に見られながら、フードさんと向かい合う。

　私を見ながら……フードさんは、真剣な表情を浮かべて
いた。
「我が名は黒闇神夜明。この名に誓ってたった今、正式に
申し込み入れる」
　その場に跪いたフードさんを、ただ見つめることしかで
きなかった。
「鈴蘭。俺と──婚約してくれ」

【続く】

次回予告

　夜明からの突然の婚約の申し出に、戸惑う鈴蘭。

「お前は俺が守る。この命に誓おう」

　夜明の熱烈な求愛に、鈴蘭の心も少しずつ解けていって……。

「俺の鈴蘭に不敬を働く輩がいれば、俺が断罪する」

　家族や星蘭からも、徹底的に鈴蘭を守る夜明。
　そして……。

「鈴蘭、お前は明日からノワールの生徒だ。それと、これからは家を出て俺と寮生活を送ってもらうことになる」
「……え？」

　突然始まった、夜明との同棲生活!?
　とにかく甘すぎる夜明に、ドキドキの連続で……！

「どうして鈴蘭が、黒闇神様と……っ」
「星蘭……お前はこの俺を、騙したのか？」

「女神だ……！　女神が現れた！」
　特殊な学園生活は、平穏にはいかない？

「大丈夫だ。もう何も恐れるな。お前には俺がいる」

　溺愛始動の第２巻は、2022年6月25日発売予定！

「欲しいものや食べたいものがあればなんでも俺に言え。
すぐに用意する」
「お前は何をしていても可愛いな」
「俺の鈴蘭……お前は世界一、宇宙一……いいや、そんな
スケールには収まりきらないほど可愛い」

　……兎にも角にも、魔王子さまが甘すぎます。

あとがき

afterword ☆

このたびは、数ある書籍の中から「魔王子さま、ご執心！①」をお手に取ってくださりありがとうございます！

本作は、ファンタジー要素の入った作品を書こうと考え生まれました。

著者にとって書籍では初のファンタジー作品になる本作の第1巻は楽しんでいただけましたでしょうか？　少しでも読者さまにときめきを感じていただけていたら光栄です！

主人公の鈴蘭ちゃんは、とにかく私の思い描く理想像が詰まった女の子です。

優しくて、花や動物を愛していて、周りの人を大切にしている。読者さんにも応援したいと思っていただけるような女の子を目指しました。

だからこそ書くのが辛い部分もあり、家族のシーンなど、読者の皆さんを不快な気持ちにさせるような話が続き申し訳ございません。2巻からは今までの分も幸せなエピソード満載でお届けします！

鈴蘭ちゃんのことは今後、夜明くんがこれでもかというくらい幸せにしてくれると思うので、ぜひ安心して読んでいただきたいです！

　次回予告でもありましたが、２巻では愛され生活がスタートします！

　婚約を申し込まれた鈴蘭はどうするのか。星蘭とまだ鈴蘭に未練を匂わせているルイスが、黙っているはずもなく……！

　一方、鈴蘭を幸せにすると誓った夜明の求愛は甘すぎて愛されることを知らない鈴蘭は困惑。そしてそして、謎が多かった女神の正体も明らかに……！

　逆ハー要素も少しずつ増えていきますので、是非是非楽しみにしていただけると嬉しいです！

　最後に、本書に携わってくださった方々へのお礼を述べさせてください！

　素敵なイラストを描いてくださった、漫画家の朝香のりこ先生。

　デザイナー様。そして、この作品を読んでくださっている読者様。書籍化に携わってくださった全ての方々に深く感謝申し上げます！

　ここまで読んでくださって、本当にありがとうございます！

　また②巻でもお会いできると嬉しいです！

2022年４月25日　＊あいら＊

作・＊あいら＊

ハッピーエンドを専門に執筆活動をしている。2010年8月『極上♥恋愛主義』が書籍化され、ケータイ小説史上最年少作家として話題に。ケータイ小説文庫のシリーズ作品では、『溺愛120%の恋♡』シリーズ（全6巻）、『総長さま、溺愛中につき。』（全4巻）に引き続き、『極上男子は、地味子を奪いたい。』（全6巻）も大ヒット。野いちごジュニア文庫でも、胸キュンしたい読者に多くの反響を得ている。ケータイ小説サイト「野いちご」で執筆活動中。

絵・朝香のりこ（あさかのりこ）

2015年、第2回 りぼん新人まんがグランプリにて『恋して祈れば』が準グランプリを受賞し、『春の大増刊号 りぼんスペシャルキャンディ』に掲載されデビューした少女漫画家。既刊に『吸血鬼と薔薇少女』①〜⑨（りぼんマスコットコミックス）があり、人気を博している。＊あいら＊による既刊『総長さま、溺愛中につき。』（スターツ出版刊）シリーズのカバーとコミカライズも手掛けている。（漫画版『総長さま、溺愛中につき。』はりぼんマスコットコミックスより発売）

ファンレターのあて先

〒104-0031

東京都中央区京橋1-3-1

八重洲口大栄ビル7F

スターツ出版（株）書籍編集部 気付

＊あいら＊先生

KEITAI SHOUSETSU BUNKO SINCE 2009

魔王子さま、ご執心！①

～捨てられ少女は、極上の男に溺愛される～

2022年4月25日　初版第1刷発行
2022年11月11日　　　第3刷発行

著　者　＊あいら＊
　　　　© ＊Aira＊ 2022

発行人　菊地修一

デザイン　カバー　栗村佳苗（ナルティス）
　　　　　フォーマット　黒門ビリー＆フラミンゴスタジオ

DTP　久保田祐子

編　集　黒田麻希

編集協力　ミケハラ編集室

発行所　スターツ出版株式会社
　　　　〒104-0031 東京都中央区京橋1-3-1　八重洲口大栄ビル7F
　　　　出版マーケティンググループ　TEL03-6202-0386
　　　　（ご注文等に関するお問い合わせ）
　　　　https://starts-pub.jp/

印刷所　共同印刷株式会社
Printed in Japan

ISBN 978-4-8137-1254-1　C0193

＊あいら＊・著
イラスト/朝香のりこ

総長さま、溺愛中につき。

溺愛の暴走が止まらない！
危険な学園生活スタート♡

ある事情で地味子に変装している由姫の転校先は、なんとイケメン不良男子だらけだった!?　しかも、生徒会長兼総長の最強男子・蓮に惚れられてしまい、由姫の学園生活は刺激でいっぱいに！　さらに蓮だけに止まらず、由姫は次々にイケメン不良くんたちに気に入られてしまい…？

シリーズ全4巻＋番外編集　好評発売中！

総長さま、溺愛中につき。①〜転校先は、最強男子だらけ〜
総長さま、溺愛中につき。②〜クールな総長の甘い告白〜
総長さま、溺愛中につき。③〜暴走レベルの危険な独占欲〜
総長さま、溺愛中につき。④〜最強男子の愛は永遠に〜
総長さま、溺愛中につき。SPECIAL〜最大級に愛されちゃってます〜

大ヒット♡
ケータイ小説
文庫版